S0-EAU-214

FALSAS APARIENCIAS

Títulos publicados

1. Las dos mejores amigas
2. La favorita
3. La casa encantada
4. La gran decisión
5. La escapada
6. La nueva
7. Tres son multitud
8. El primer puesto
9. Contra las normas
10. Una gran luchadora
11. Un tesoro enterrado
12. El gran secreto
13. Mentirijillas
14. Días turbulentos
15. Un chico para Jessica
16. El auténtico ganador
17. Chicos contra chicas
18. Centro de atención
19. El terror de la escuela
20. Haciendo novillos
21. Abandonada
22. Ambiente hostil
23. Lucha por la fama
24. Falsas apariencias

¿ES VERDAD LO DE MAMÁ?

–Mamá, ¿tú y papá os enamorasteis a primera vista? –preguntó Elisabet tras lanzar un profundo suspiro.

–¿Cómo os conocisteis? –inquirió Jessica–. ¿Fue romántico?

–¿O fue algo repentino, como un encuentro en un aeropuerto? –añadió Elisabet.

–Lo siento. Estoy muy cansada y es una larga historia. ¿Por qué no me lo preguntáis mañana? Buenas noches, chicas.

–¡Mamá! ¿Es que no vas a darle las buenas noches a papá? –gritó Jessica tras ella.

–Oh, casi había olvidado que vuestro padre estaba en casa –musitó la señora Wakefield–. Buenas noches a todos, me voy directamente a la cama –gritó, asomando la cabeza en la leonera.

Su esposo levantó la vista del televisor y le envió un beso.

–¿Has oído eso? ¡Había olvidado que papá estaba en casa! –dijo Elisabet.

–¡Porque está enamorada de otro! –murmuró Jessica por su parte–. ¡Tenemos que hacer algo antes de que sea demasiado tarde!

LAS GEMELAS DE SWEET VALLEY

FALSAS APARIENCIAS

Escrito por Jamie Suzanne

Personajes creados por
FRANCINE PASCAL

Traducción de
Elena de Grau

EDITORIAL MOLINO
Barcelona

Título original: JUMPING TO CONCLUSIONS

Concebido por Francine Pascal
Cubierta de James Mathewuse
Diseño de Ramón Escolano

Calabria, 166 08015 Barcelona

Depósito legal: B-1603/92
ISBN: 84-272-3794-4

Impreso en España Printed in Spain

LIMPERGRAF, S.A. – Calle del Río, 17 nave 3 – Ripollet (Barcelona)

I

–¡La decoración es preciosa! –dijo Elisabet Wakefield, aplaudiendo con deleite, mientras contemplaba la sala de estar de su casa. Por encima de su cabeza colgaban de pared a pared banderolas de color rosa y blanco.

–¡Qué noche más perfecta para una fiesta! –exclamó, mientras contemplaba a través del ventanal la puesta de sol en Sweet Valley, California.

Elisabet y Jessica, su hermana gemela, habían pasado toda la tarde decorando la sala y cocinando. Celebraban el decimosexto aniversario de la boda de sus padres y había sido idea de Jessica organizar una fiesta especial para tal ocasión. Durante dos semanas, las gemelas no habían pensado en otra cosa y lo habían mantenido en secreto.

–Espero que sea una sorpresa –gritó Jessica desde la cocina.

–Puedes estar segura –respondió Elisabet mientras colgaba la bandolera que decía «¡Feliz

Aniversario, papás!» a uno y otro lado de la entrada–. No le hemos dicho una palabra a nadie.

–Va a ser fantástico –declaró Jessica, entrando en el comedor con un gran buqué de flores en las manos. Las hermanas habían escogido dieciséis rosas amarillas del jardín y luego las habían intercalado cuidadosamente con flores silvestres.

Mientras colocaban las flores en el mostrador, observaron su reflejo en el espejo del pasillo. Las dos hermanas eran idénticas en casi todo. Sus ojos verdeazulados eran del color del océano Pacífico y su brillante cabello rubio les caía formando ondas sobre los hombros. Hasta los hoyuelos en la mejilla izquierda que se les formaban al sonreír eran iguales.

Únicamente su familia y los amigos más íntimos las distinguían, y quienes las conocían mejor sabían que sus similitudes eran sólo externas. En lo referente a sus respectivas personalidades, no podían ser más diferentes.

A Elisabet le gustaba muchísimo leer un buen libro de misterio, preferiblemente de los Tres Investigadores, su colección favorita. Además Elisabet trabajaba mucho en la escuela y estaba orgullosa de ser uno de los miembros directivos del *Sexto Grado de Sweet Valley*, el periódico de sexto.

A Jessica, por su parte, le gustaban los trapos, los chicos y las actividades extraescolares; y sobre todo, ser miembro del Club de las Unicornio, un club femenino muy exclusivo que se había formado en el seno de la Escuela Media de Sweet Valley. Esto había llevado a creer a Jessica que una fiesta no empezaba hasta que ella aparecía. Sin embargo, a pesar de todas sus diferencias, las gemelas eran las mejores amigas del mundo.

–Sabes –dijo Jessica–, me parece que hace años que no nos reunimos toda la familia. A veces creo que deberíamos organizar reuniones familiares con más frecuencia para no olvidarnos los unos de los otros.

–No exageres, Jess –dijo Elisabet riendo.

–Pues desde que papá empezó a trabajar en ese caso tan importante, apenas le vemos –señaló Jessica. Su padre era un famoso abogado de Sweet Valley y muy solicitado.

–Es verdad –dijo Elisabet.

–¿Y Steven? –Jessica se puso las manos en las caderas–. Nunca está en casa.

–Lo sé –convino Elisabet–. Siempre está entrenando.

–Lo cual me parece muy bien –añadió Jessica con una sonrisa.

Desde que su hermano había empezado el primer curso en la Escuela Superior de Sweet

Valley, era muy difícil convivir con él. Hasta a Elisabet le irritaba el constante alarde que hacía por ser el mayor y el más inteligente.

–Pero mamá es la que más ha cambiado –dijo Jessica con voz repentinamente grave.

–Se pasa demasiado tiempo trabajando con sus clientes –comentó Elisabet.

La señora Wakefield trabajaba media jornada con un decorador de interiores, pero últimamente parecía como si estuviera trabajando la jornada completa.

–Además, va muchas veces a comer con hombres extraños –añadió Jessica.

–Vamos, Jessica –la amonestó Elisabet–. No te pases. Sólo la has visto en un restaurante con un hombre una vez... y no has hablado de esto con ella.

Jessica había visto a su madre almorzando con un hombre que ella no conocía y, desde entonces, había estado cavilando sobre ello. Elisabet estaba segura de que, de igual modo que cuando la señora Wakefield estuvo enferma, la exhuberante imaginación de Jessica se había puesto en marcha de nuevo.

–Bueno, debe de haberlo hecho un montón de veces –insistió Jessica–, porque, si nosotras dos no nos ocupáramos de todo, esta casa sería un lío.

Elisabet sonrió. Así era como Jessica interpretaba los trabajos caseros extra que últimamente habían tenido que hacer, trabajos caseros de los que habitualmente se ocupaba Elisabet en su mayor parte.

–¿Qué te parece? –preguntó Jessica que señaló una bandeja llena de bocadillos que había colocado en el mostrador–. Los sirvieron en la última fiesta de las Unicornio y eran buenísimos.

–¡Oye, son deliciosos! –Elisabet cogió uno y tomó un bocado.

–¡No te los comas! –exclamó Jessica, que dio un alegre manotazo en la mano de su hermana–. Deja algunos para los papás.

–¿Te has ocupado del pastel? –preguntó Elisabet.

–Steven es el encargado de ir a recogerlo a la pastelería, pero llega tarde, como es habitual.

–No temas. Nuestros padres no volverán a casa hasta dentro de media hora.

–¡Media hora! –Jessica corrió a la cocina–. No tendremos tiempo.

–La fiesta puede empezar. Ya estoy aquí –gritó Steven desde el recibidor, cerrando la puerta de golpe.

–¡Qué gracioso! –le espetó Jessica, volviendo a entrar en la cocina–. Trae aquí el pastel, rápido.

Elisabet colocó con sumo cuidado cuatro

rosas alrededor de dos figurillas que habían situado en el centro de la mesa del comedor. Eran las mismas figurillas que habían adornado el pastel de bodas de sus padres hacía dieciséis años.

–Uau, ¿dónde las has encontrado? –preguntó Steven, irrumpiendo en el comedor y mirando por encima del hombro de Elisabet.

–En el baúl de mamá.

Steven contempló al hombrecito con su traje de etiqueta y a la mujercita con su adornado vestido de novia y sacudió la cabeza.

–¿Por qué todo el mundo querrá vestirse así?

–Porque es muy romántico –repuso Jessica, aproximándose a sus hermanos–. No me los imagino en su día de bodas.

–¡Mamá debía de estar preciosa! –dijo Elisabet con un suspiro.

–Parad ya, vosotras dos –dijo Steven, haciendo una mueca y lanzando una risotada. Luego descubrió la bandeja con los bocadillos en el mostrador–. ¡Eh, bocadillos!

–¡No se te ocurra tocarlos, Steven Wakefield! –exclamó Jessica, plantándose ante él–. Son para la fiesta.

–Pero es que estoy muerto de hambre –imploró.

–Comerás más tarde –dijo Elisabet inflexible; Steven se apartó a regañadientes.

–Vayamos a comprobar que todo esté en orden –le dijo Elisabet a su hermana.

–Los entremeses ya están preparados y el plato de carne y verduras está listo para meterlo en el horno –dijo Jessica, contando con los dedos–. El pastel está aquí y...

–¿Habéis oído eso? –preguntó Steven, asomándose a la ventana.

–Parece un coche –murmuró Elisabet.

–¡Son ellos! –gritó Jessica, mirando a través de las cortinas de la sala de estar–. ¡Corred, apagad las luces!

Elisabet se encargó de ello y los tres se ocultaron detrás del sofá.

–¡Ugh! –gritó Jessica porque Steven le había pisado un pie–. Steven, mira lo que estás haciendo.

–Y tú mira dónde...

–¡Shhhh! –siseó Elisabet.

Los tres contuvieron la respiración y oyeron el sonido de la llave en la cerradura. La puerta principal se abrió.

–¿Hola? –era la voz de su madre–. ¿No hay nadie en casa? –Como no obtuvo respuesta, dijo–: Qué extraño, los chicos ya deberían estar en casa.

–Creía haber visto luz cuando hemos llegado a la entrada –la voz de su padre retumbó en la habitación a oscuras.

Jessica contuvo una risita. Steven le dio un golpe para que callara, pero al poco Elisabet y su hermana reían a carcajadas.

–¿Listas? –murmuró Steven con voz ronca–. A la una, a las dos y a las... tres

–*¡Sorpresa!* –gritaron al unísono los tres.

–¿Qué es todo esto? –preguntó su padre cuando encendieron la luz. Miró a su mujer y vio que estaba tan sorprendida como él.

–No lo sé –replicó–. Chicos, ¿es una broma?

–¿Una broma? ¿Es que no te acuerdas, mamá? Es vuestro aniversario –la reprendió Jessica.

–¿Aniversario? –exclamaron sus padres, golpeándose la frente con la mano–. ¡Oh, no!

–¿Lo habíais olvidado, eh? –les dijo Elisabet.

–¿Cómo habéis podido? –Jessica no pudo ocultar el tono de decepción en su voz.

–Hemos estado demasiado ocupados –replicó el señor Wakefield, haciendo un gesto de disculpa con las manos.

–Los romances no pueden durar siempre –dijo la señora Wakefield suspirando.

–¡No digas eso! –gritó Jessica–. No es divertido.

–Era una broma, Jessica –dijo el señor Wakefield que miró a Jessica sorprendido.

–¿Quiere decir esto que no vamos a comer el pastel y los bocadillos? –preguntó Steven.

–¿Es que únicamente piensas en tu estómago? –le amonestó Jessica, que se volvió hacia él con los ojos llameantes.

–Bueno... a veces.

–¿Os gusta la decoración? Ha sido idea de Jessica daros esta fiesta –cortó Elisabet, decidiendo que había llegado la hora de intervenir.

Jessica asintió pero no dijo nada. Empezaba a sentirse mal. «Ni se han besado, ni abrazado, ni nada –pensó–. ¿Es que ya no se quieren?» De pronto recordó que había visto a su madre con otro hombre.

–¿Jessica?

–¿Qué? –le respondió a Elisabet que le hacía el gesto de comer con la mano y luego señalaba en dirección a la cocina–. Oh, sí.

Jessica decidió, por el momento, concentrarse en la fiesta de aniversario.

Aquella noche, cuando Elisabet se iba a meter en la cama, oyó en la puerta de su habitación una suave llamada.

–Lisa, soy yo –murmuró Jessica–. Necesito hablar contigo.

–¿Qué pasa, Jess? –preguntó Elisabet cuando su hermana hubo entrado en la habitación.

–Es sobre los papás –murmuró Jessica–. Estoy muy preocupada.

–¿Sólo porque han olvidado que hoy era su aniversario?

–La gente no olvida un acontecimiento tan importante como éste a menos que algo vaya mal –dijo Jessica, sentándose en el borde de la cama.

–Últimamente han estado muy ocupados.

Elisabet se sentó junto a su hermana.

–Lo sé, pero hay otra cosa –murmuró Jessica–. ¿No te has dado cuenta de que ya no salen juntos?

–Mira –dijo Elisabet pacientemente–. Papá está trabajando en un caso muy importante, y mamá se pasa más tiempo en el trabajo de lo habitual. Esto es todo lo que ha pasado.

–Pues no estoy tan segura –dijo Jessica.

–¿Y qué crees que está pasando?

–Quizás es, como dijo mamá, que se ha acabado el romance. ¿Y si fingen por nosotros?

–No digas tonterías –la cortó Elisabet–. Estoy muy cansada. Es mejor que durmamos. Seguro que todo te parecerá distinto mañana por la mañana.

–Espero que tengas razón –dijo Jessica que abrazó a su hermana y se dirigió a su dormitorio.

Cuando se metió en la cama no pudo reprimir el pensar que las personas que se quieren no olvidan su aniversario.

II

–¿Por qué «Redecilla» tiene que hacernos esto? –exclamó Amy Sutton el lunes por la mañana, a la hora de comer, levantando la vista de su bandeja.

Todo el mundo en la Escuela Media de Sweet Valley llamaba a la señorita Arnette, la profesora de sociales, «Redecilla», porque siempre llevaba una red que le sujetaba el moño. Amy cogió un puñado de patatas chips y se metió unas cuantas en la boca.

–¿No es increíble? Tenemos que hacer en dos semanas un trabajo larguísimo.

Elisabet sonrió a su mejor amiga. Habían quedado en reunirse a la hora de comer para pensar algunas ideas para el trabajo de sociales, y eso era lo que tenían que hacer.

–Amy, no te quejes tanto –dijo Elisabet–. Si trabajamos en ello tres de nosotras, será fácil, ya lo verás.

–Hacer un trabajo para la señorita Arnette nunca es fácil –anunció Pamela Jacobson mientras deslizaba su bandeja en la mesa y se sentaba al otro lado de Elisabet.

Pamela había empezado a asistir a la Escuela Media de Sweet Valley unos meses antes, pero en seguida se había hecho amiga de Elisabet y de Amy, presentándose voluntaria en su grupo de trabajo.

–Hola Pamela, llegas justo a tiempo. –Elisabet sonrió a su amiga–. Dile a Amy que nuestro trabajo sobre vivencias será estupendo.

–Nuestro trabajo sobre vivencias será estupendo –dijo Pamela, que se volvió hacia Amy, repitiendo muy seria las palabras de Elisabet.

–¡Eres casi tan mala como Amy! –rió Elisabet, dándole un puñetazo de broma a Pamela.

–Yo sólo puedo pensar en un montón de fechas. Cada vez que «Redecilla» empieza a escribir una en la pizarra... –dijo Amy, suspirando. Luego se quedó callada e inclinó la cabeza sobre la mesa y lanzó un sonoro ronquido. Elisabet y Pamela no pudieron aguantar las risas.

–¿Por qué no lo repasamos otra vez y decidimos lo que vamos a hacer? –preguntó Pamela, que abrió el brik de leche e introdujo una cañita.

–Buena idea –accedió Elisabet, abriendo su libreta de notas–. En primer lugar tenemos que encontrar a alguien en Sweet Valley que quiera ser entrevistado para que nos cuente sus vivencias.

–Eso es. –Amy le dio un buen mordisco a su bocadillo de queso caliente y murmuró–: Escogeremos las preguntas que debemos hacer.

–Después iremos a la biblioteca e investigaremos sobre el tema –dijo Elisabet.

–Y, finalmente, reuniremos el material y presentaremos el trabajo –acabó Pamela.

–Será muy divertido. –Elisabet sonrió a sus amigas.

–Y también nos dará mucho trabajo. Además, ¿quién de nosotras sabe lo que puede interesar? A mí no se me ocurre nada.

–Podríamos hacer un trabajo sobre un romance, algo referente al amor y a la aventura –dijo Elisabet suspirando; luego se volvió hacia Pamela–. ¿Cómo se conocieron tus padres?

–Oye, pues no lo sé –respondió Pamela tras una pausa y con una expresión de sorpresa en la cara.

–¿Y tú sabes cómo se enamoraron los tuyos? –preguntó Elisabet a Amy.

–Nunca se lo he preguntado –replicó Amy, moviendo la cabeza lentamente.

–Yo tampoco –dijo Elisabet.

–Nunca había pensado en ello –añadió Amy–. Me da la sensación de que mis padres siempre han estado casados. Me es difícil imaginarlos separados. ¡Eh, chicas, escuchad esto...! –Amy bajó la voz con dramatismo–. Veo a papá y mamá en un aeropuerto lleno de gente; chocan uno con otro accidentalmente y el bolso de mamá cae al suelo. Papá se inclina a recogerlo y entonces sus miradas se cruzan. ¡Ah, el destino! ¿Qué... os ha gustado?

–¡Oooh! –exclamó Elisabet con deleite–. Es como un romance de novela. Podríamos hacer un trabajo sobre nuestros padres.

–¡Qué gran idea! –exclamó Pamela que aplaudió a rabiar.

–Podríamos titularlo *Los enamorados de Sweet Valley* –añadió Elisabet. Amy asintió entusiasmada–. Sería un trabajo interesantísimo.

–No olvidéis que las vivencias son relatos auténticos y, para escribirlas, hemos de entrevistar a la gente –les recordó Pamela.

–Podríamos ir a la biblioteca y hacer un trabajo sobre un romance histórico. Ya sabéis, parejas románticas famosas –dijo Elisabet con excitación.

–Y de la literatura –añadió Amy.

–Y podemos acabar el trabajo con un poema de amor –concluyó Pamela.

–De acuerdo entonces –Elisabet cerró su libreta de notas–. Entrevistaremos a nuestros padres y nos enteraremos de cómo se conocieron.

–Estupendo –declaró Amy–. Nunca hubiera

imaginado que sería tan divertido hacer un trabajo de redacción para «Redecilla».

Amy y Pamela siguieron charlando del trabajo mientras Elisabet guardaba silencio, pensando en sus padres. «Este trabajo quizá logre devolver la ilusión a sus vidas», se dijo. Estaba impaciente por volver a casa y contarle a Jessica su plan.

Jessica consultó su reloj por enésima vez. Las clases habían finalizado hacía más de una hora y Elisabet todavía no había aparecido. Finalmente descubrió a su hermana bajando la calle y corrió a reunirse con ella.

–¡Lisa, tengo que hablar contigo!

–¿Qué pasa?

Jessica acompañó a su hermana hasta el pino que había a un lado de la casa. Las gemelas solían ir allí a intercambiar secretos cuando eran niñas y habían bautizado el lugar como «sitio para pensar».

Elisabet frunció el ceño. Fuere lo que fuere lo que Jessica quisiera decirle debía de ser algo muy serio, porque ahora sólo era ella la que iba allí cuando tenía que meditar.

–Jessica –suplicó–, dime lo que sucede.

–Es mamá –murmuró Jessica–. La he oído hablar con alguien por teléfono.

–¿Ah sí? Pues es probable que hablara de trabajo con un cliente. –Los clientes de la señora Wakefield siempre la telefoneaban a casa.

–No he podido escuchar bien lo que estaban diciendo, porque mamá hablaba desde su dormitorio y había cerrado la puerta –Jessica cruzó los brazos–. Pero reía demasiado para que fuera una llamada de trabajo.

–Jessica, no seas tonta.

–Y eso no es todo. –Jessica bajó la voz–. El teléfono volvió a sonar cinco minutos después y era el mismo hombre.

–¿Y cómo sabes que era un hombre?

–Escuché por la extensión.

–¡Jessica! –exclamó Elisabet sorprendida–. Espiar es indigno. ¿Cómo has podido hacerlo?

–¡Pues lo he hecho! –exclamó Jessica con los ojos brillantes de lágrimas–. Oh, Lisa, ¿es que no te das cuenta? Mamá está fuera la mitad del tiempo, luego olvida su aniversario y ahora flirtea con un hombre desconocido por teléfono...

–¿Qué quieres decir con la palabra «flirtea»? Mamá no haría...

–En cuanto colgó el teléfono, mamá salió de casa –Jessica se balanceó hacia delante y hacia atrás ansiosa–. Nos va a abandonar, lo sé. Se va a marchar con algún árabe millonario. ¡Le prometerá todas las cosas que papá no puede darle y no la volveremos a ver nunca más!

–No digas ridiculeces –la interrumpió Elisabet–. ¿De dónde has sacado esta historia?

–La vi la otra noche en el cine –replicó Jessica con naturalidad–. Hacían *La sirena del desierto*, una película basada en una historia real. Estas cosas suceden, Lisa.

–Mira, Jessica –la interrumpió Elisabet–, existe una manera muy simple de que te enteres de la verdad. Háblale a mamá de la llamada telefónica cuando vuelva a casa.

–¡Y ella negará que esté enamorada de otro hombre!

–¡Mamá no está enamorada –declaró Elisabet– de un árabe millonario ni de ningún otro hombre!

Cuando Jessica abrió la boca para protestar, Elisabet ya había empezado a caminar hacia la casa.

«Espero que tengas razón», pensó Jessica para sus adentros.

Cuando atravesaron la puerta, encontraron a la señora Wakefield ante el mostrador de la cocina, sacando una caja de cartón de una bolsa de papel marrón. Su rostro delataba excitación y se volvió a mirar a sus hijas con una sonrisa.

–¡Estáis aquí las dos! Siento haber llegado tarde, pero es que he tenido que volver a la oficina.

–Para la cena de esta noche he traído una sorpresa especial –dijo la señora Wakefield, mientras Jessica pellizcaba el brazo de su hermana.

–¿Qué clase de sorpresa? –preguntó Elisabet, frotándose el brazo.

–¡Pastel de queso y arándanos! –exclamó la señora Wakefield que abrió la caja para que sus hijas vieran el delicioso pastel que había en su interior.

–Ya sé que estáis decepcionadas porque últimamente no he podido hacer una comida decente –siguió diciendo la madre mientras ellas dos la contemplaban muy serias–. Pero no tenéis que enfadaros conmigo; he empezado a trabajar en un nuevo encargo. Hay un señor que ha abierto unas nuevas oficinas en Sweet Valley y quiere que yo se las decore. Es uno de los mejores y más lucrativos trabajos que hemos realizado nunca, y yo me encargo de todo. –Elisabet sintió el suave codazo que le propinaba Jessica, pero lo ignoró. La madre rió con orgullo–. No está mal, ¿eh?

–¿Cómo es ese individuo? –preguntó Jessica. Elisabet se sobresaltó al notar cierto tono de sospecha en la voz de su hermana. Su madre no se dio cuenta de nada y siguió charlando alegremente.

–Bueno, por un lado, es muy rico.

Esta vez el codazo fue más fuerte y Elisabet se quejó de dolor. Miró a su hermana que le devolvió la mirada como advirtiéndola: «¡Te lo dije!».

–Tiene una casa enorme en Beverly Hills –siguió diciendo su madre mientras metía en el horno unas bandejas con alimentos congelados–. Aunque es raro encontrarle allí, siempre está viajando en su jet privado. Mirad, chicas, una fotografía de su casa. Aparece este mes en *Publicaciones de Diseño*.

Las dos hermanas gemelas se quedaron mirando la fotografía con admiración. Era una mansión de tres plantas y se parecía a un castillo. En el fondo había una piscina y campos de tenis. En la entrada estaba aparcada una gran limusina plateada con el chófer junto a ella.

–Uau –exclamó Jessica, sintiendo que el estómago le hacía flip-flop.

–¿Cómo se llama? –preguntó Elisabet.

–Francis Howard –contestó su madre–, aunque todo el mundo lo llama Frank. Es un hombre encantador.

–¿Es guapo, mamá? –preguntó Jessica con voz temblorosa.

–Normal, supongo. Tiene una bonita sonrisa –repuso la madre tras una breve pausa, encogiéndose de hombros.

El teléfono sonó de pronto y las chicas se

sobresaltaron al oírlo. Elisabet contestó.

–Hola –una voz profunda retumbó en su oído–. ¿Puedo hablar con Alice... digo... con la señora Wakefield?

–Un minuto por favor. –Elisabet cubrió el auricular con la palma de la mano–. Mamá, es para ti.

–Gracias, querida. –la señora Wakefield cogió el receptor–. ¿Diga? Ah, hola Frank. Espera un momento. Voy a la otra habitación. –Devolvió el teléfono a Elisabet–. ¿Cuélgalo, quieres? –Salió apresuradamente de la cocina y descolgó el otro auricular–. Dime Frank...

Y ya no pudieron oír nada más porque cerró la puerta tras ella.

–¿Y ahora, me crees? –a Jessica le temblaba el labio inferior cuando se dirigió a su hermana. Elisabet se la quedó mirando.

III

–He hecho una lista con las preguntas que podemos hacer en las entrevistas –dijo Elisabet, entregando a Pamela y a Amy una copia–. ¿Qué os parece?

Era miércoles y las tres chicas se reunieron en casa de Pamela para planificar el segundo paso a seguir en el trabajo que debían presentar. Se habían acomodado en el estudio y discutían los aspectos que ya tenían claros.

–¡Lisa, es estupendo! –dijo Pamela, pasando las gaseosas y las patatas fritas–. Podemos entrevistar a mi madre esta tarde.

–Buena idea. –Elisabet tomó un sorbo de gaseosa–. Así tendremos la oportunidad de practicar las técnicas de la entrevista.

–Chicas, espero que no os importe –dijo Amy tímidamente–, pero hablé con mis padres la noche pasada. Estaba impaciente por saber cómo se habían conocido y enamorado.

–Está bien –Elisabet sonrió a su amiga–. ¿Tomaste muchas notas?

–No, porque me acuerdo perfectamente de todos los detalles –explicó Amy desde el suelo, donde se había sentado. Luego se puso de rodillas y comenzó a relatar su historia con voz suave y excitada a la vez.

–Cuando mis padres cursaban el último curso en la Escuela Superior, se apuntaron para trabajar un verano en un parque de atracciones. Papá se ocupaba del tiovivo y mamá de las entradas en la puerta.

–¿Y en la escuela se conocían? –interrumpió Pamela.

–No, papá iba a la Superior de Crestview. Nunca se habían visto antes del cuatro de julio. Aquella noche, cuando el parque cerró sus puertas al público, los dueños lo mantuvieron abierto sólo para los empleados.

–Qué divertido –dijo Elisabet, echándose hacia atrás en el sofá.

–Mi madre decidió montarse en la noria gigante y...

–¿Y allí se conocieron? –preguntó Pamela con vehemencia.

–Sí, pero primero...

–Creía que habías dicho que tu padre estaba en el tiovivo –la interrumpió Elisabet.

–Sí, pero decidió también subirse a la noria. –Amy suspiró con exasperación–. Esperad, todavía no he llegado a lo mejor. Bueno, pues allí estaban ellos, en la cola para subirse a la noria, y entonces el encargado puso a mamá y a papá en la misma silla. Y ahora viene lo mejor –dijo Amy, mientras Elisabet abría los ojos expectante. Amy tomó un sorbo de gaseosa y murmuró–: La noria se detuvo cuando ellos dos estaban arriba de todo.

–¡Oooh, qué horror! –exclamó Pamela.

–¡Y se quedaron allí arriba durante casi una hora! –continuó diciendo Amy.

–Yo me hubiera muerto de miedo –dijo Elisabet.

–Mamá se quedó completamente petrificada y a punto de sufrir un ataque de histeria. Papá la calmó explicándole cómo funcionaba la noria y el problema que debía tener; finalmente consiguió tranquilizarla y entonces mamá descubrió la luna llena que había encima de ellos –Amy lanzó una risita feliz–. Cuando finalmente bajaron de allí, ya estaban enamorados.

–¡Qué romántico! –exclamó Elisabet mientras Pamela suspiraba.

–Sí. ¿No es una gran historia? –dijo Amy, apoyándose en los codos.

Las tres muchachas permanecieron en silencio, imaginando a la pareja bajo la luz de la luna, colgada de la parte más alta de la noria.

–Elisabet, ¿tú les has preguntado a tus padres cómo se conocieron? –preguntó Amy.

Elisabet se ruborizó al pensar en el poco tiempo que sus padres pasaban juntos últimamente.

–Eh, n... no. Todavía no. La verdad es que están ocupadísimos, ya sabéis.

Elisabet sintió alivio al comprobar que ninguna de sus amigas se daba cuenta de lo violenta que se sentía.

–Tengo muchísimas ganas de enterarme –dijo Pamela con entusiasmo.

–Hola, chicas –la señora Jacobson apareció en la puerta con una bandeja en las manos–. He pensado que necesitaríais un poco de refuerzo para ayudaros en vuestras investigaciones.

–Gracias, mamá –dijo Pamela cuando su madre dejó la bandeja con tronquitos de apio, zanahorias y salsa en la mesita del café.

–¿Habéis trabajado mucho? –preguntó la señora Jacobson mientras repartía las servilletas–. Pamela me ha hablado del trabajo que hacéis sobre hechos reales. Creo que es una idea preciosa.

Elisabet no pudo reprimir sentirse un poco celosa. Ahora no era ya como antes, cuando podía sentarse a hablar con su madre.

–Mamá –dijo Pamela–, hemos decidido empezar contigo la tanda de entrevistas. ¿Te parece bien?

–Desde luego –accedió con una sonrisa la

señora Jacobson y tomó asiento en el sofá–. Disparad.

–¿Cómo os conocistéis papá y tú? –Pamela abrió su libreta de notas y sacó un bolígrafo.

–¿Y cuándo se enamoraron? –preguntó Amy a su vez.

–A menos que ambas cosas sucedieran a la vez –añadió Elisabet, ya recuperada.

–Bueno, no exactamente –replicó lentamente la señora Jacobson.

–¿Eso significa que no fue un amor a primera vista? –preguntó Pamela, ligeramente decepcionada.

–No –contestó su madre. Fue más bien un amor «a tercera vista».

–Oh –Pamela tomó nota en su libreta–. ¿Y qué significa eso, mamá?

–Veréis, la primera vez que vi al doctor Jacobson –explicó la madre de Pamela–, me dolía tanto un tobillo dislocado que apenas me di cuenta de lo guapo que era.

–¿Cómo se lo dislocó? –preguntó Elisabet.

–Jugando al voleibol con el equipo estudiantil femenino. Me llevaron corriendo a urgencias y él era el médico que me atendió. Aquella fue la primera vez que lo vi. Cuando tuve que volver al hospital para que me hicieran otra exploración, ya estaba de mejor humor y me di cuenta de lo guapo que era. Pero no estaba segura de que fuera a interesarle, hasta que me llamó por teléfono un día para preguntarme cómo seguía mi tobillo. –La señora Jacobson sonrió al recordarlo–. Quedamos en vernos en el recinto del equipo femenino y salimos de allí comprometidos.

–Espero que la próxima vez que me disloque un tobillo, me rescate un médico guapo y nos enamoremos, tal como le pasó a usted –dijo Elisabet que lanzó un suspiro.

–Gracias, mamá –Pamela abrazó a su madre–. ¡Esto es fenomenal!

–Bueno, os dejo solas, chicas –dijo la señora Jacobson–. Seguro que tenéis un montón de cosas que hacer.

–Creo que la historia de mis padres no será ni la mitad de romántica que la de los vuestros –comentó Elisabet, mordisqueando una zanahoria cuando la madre de su amiga hubo abandonado la habitación.

–¡Qué dices! –exclamó Amy–. Tus padres son una pareja perfecta y están enamoradísimos.

Elisabet no respondió. «Es posible que hagan ver que están enamorados por nosotros», pensó, y sacudió la cabeza para ahuyentar tan nostálgicos pensamientos.

–Tienes razón –dijo, y sonrió valientemente–. Son una pareja perfecta.

Aquella tarde Jessica volvía a casa, después de las clases, con Lila Fowler, una Unicornio como ella y una de sus mejores amigas. Lila era una de las chicas más bonitas de sexto y ella lo sabía. Siempre iba vestida a la última moda y con las ropas más caras. A veces Jessica sentía envidia de su amiga, cuyo padre era muy rico y le daba todo lo que ella deseaba.

Mientras caminaban, las dos Unicornio charlaban de trapos, chicos y de los últimos chismes. Lila era la que más hablaba, porque Jessica a duras penas podía seguir la conversación.

–Así es que le dije, «Carolina, ¿de veras crees que me importa?» –Lila reía satisfecha cuando doblaron la esquina de la casa de los Wakfield–. ¡Oh, Jessica, tenías que haber visto su cara! Se puso colorada como un tomate.

–¿Jessica? ¿No me estás escuchando? –preguntó Lila cuando vio a su amiga que de pronto se quedaba inmóvil mirando hacia adelante.

Jessica no replicó. Estaba demasiado ocupada mirando la limusina plateada que estaba aparcada frente a su casa. Como las ventanillas tenían cristales oscuros no pudo ver el interior. Se abrió la puerta y un hombre bajó del coche.

–¿Quién es? –preguntó Lila en voz baja. Jessica sacudió la cabeza temerosa. Indudablemente era el hombre más distinguido que había visto nunca. Era alto y fuerte y vestía un elegante traje. Se dirigió rápidamente a la puerta de entrada y deslizó un rollo de cartón muy fino entre la reja y la puerta. Cuando volvía hacia el coche, las chicas pudieron ver más de cerca su cara bronceada.

–¡Parece una estrella de cine! –exclamó Jessica.

–¡Ya sé quién es! –gritó Lila.

–¿Quién?

–Frank Howard, el millonario.

–¡No! –Jessica sintió cómo si le hubieran dado un puñetazo en el estómago.

–Sí –continuó diciendo Lila con voz trémula de excitación–. Lo sé porque ha salido en la revista *Rostros*. Las mujeres se vuelven locas por él, pero no se ha casado todavía.

El hombre entró en la limusina, la cual arrancó, dirigiéndose hacia la curva. Las chicas contemplaron en silencio cómo desaparecía al doblar la esquina.

Una brisa repentina hizo temblar las hojas de los árboles y Jessica se estremeció. «Mamá será incapaz de resistirse a un hombre como Frank Howard», pensó con tristeza.

IV

Por la tarde, Jessica y Elisabet entraron en la cocina e hicieron un montón de preguntas.

–¿Qué hay para cenar? –preguntó Elisabet.

–¿Dónde está mamá? –preguntó Jessica.

El señor Wakefield estaba de pie ante el mostrador, consultando el listín de teléfonos.

–Sois oportunísimas –dijo–. Vuestra madre acaba de llamar hace un momento para decir que no estaría en casa a la hora de la cena.

–¡Otra vez, no! –exclamó Jessica.

–¿Dónde está? –preguntó Elisabet.

–Tiene trabajo hasta tarde –replicó su padre–. Así es que me ha encargado que prepare la cena. ¿Por qué no encargamos una pizza y miramos la tele?

–Esto suena muy bien –dijo Steven que estaba junto a la nevera. Se había servido un gran vaso de leche y balanceaba un plato lleno de galletas–. Estoy hambriento.

–¡Steven! –exclamó Jessica–. ¿Por qué siempre estás pensando en comer?

–¿Qué quieres decir? ¡Es hora de cenar! ¿En qué debería pensar sino? –repusó él sorprendido.

Jessica no replicó y se dirigió al recibidor.

–¿Qué le pasa? –preguntó Steven.

Como que Elisabet movió la cabeza y se encogió de hombros sin contestar, Steven dirigió su atención al señor Wakefield.

–Date prisa, papá. El partido de baloncesto va a empezar.

–¿De qué os gustaría la pizza? –preguntó el señor Wakefield.

–A mí todas me gustan, papá –dijo suavemente Elisabet.

–De pimiento o de salchichas –respondió Steven mientras se dirigía a la sala de estar y se sentaba ante el televisor–. O las dos –declaró instantes después, tras habérselo pensado mejor.

Elisabet salió al pasillo y se apoyó en la pared. Tras ella oyó la voz de su padre que llamaba por teléfono desde la cocina.

–¡Preparaos! ¡Tardarán exactamente treinta minutos en traernos las pizzas calientes!

«Parece muy contento para ser un hombre al que su mujer le ha dicho que se va a quedar trabajando hasta tarde. Demasiado contento. A lo mejor hasta le gusta que mamá no esté aquí con nosotros», pensó Elisabet.

–Elisabet.

Al oír su nombre levantó la vista y descubrió a Jessica detrás de la balaustrada, haciéndole señas para que se acercara.

–¿Qué?

–Creo que mamá ha salido con el señor Howard.

–¿Y qué, si es así?

–Esto empieza a preocuparme mucho –dijo Jessica que miró fijamente a su hermana.

–¡Jessica! –Elisabet cruzó los brazos con impaciencia–. Ayer mamá nos habló del señor Howard. Tan sólo es un cliente rico de Beverly Hills. Eso es todo.

–¿Ah, sí? –Jessica hizo un mohín con los labios–. Mamá se dejó en el bolsillo un hecho muy importante.

–¿Cuál?

–¡Que el señor Howard es guapísimo!

–¿Y tú cómo lo sabes?

–Cuando esta tarde yo volvía a casa he visto que se detenía aquí y dejaba algo para mamá –Jessica apretó el brazo de su hermana–. Lisa, ¡parece una estrella de cine!

–¿Ah, sí? –Elisabet miró a su hermana entornando los ojos.

–¿Por qué nos dijo entonces que el señor Howard era un hombre de aspecto normal? –dijo Jessica, agitando las manos en el aire–. A lo mejor quería ocultar el hecho de que está enamorada de él.

–¡No digas estas cosas tan horribles! –exclamó Elisabet, apartándose de su hermana.

–¿Es que te vas a quedar sin hacer nada mientras un millonario rompe el matrimonio de nuestros padres y se lleva a mamá a su mansión?

–No –dijo Elisabet dispuesta a marcharse–. Esta noche voy a hablar con mamá.

–Si vuelve a casa –gritó Jessica tras ella–. Ahora debe de estar en algún restaurante con el millonario éste, cenando a la luz de las velas y planeando su huida.

–Jessica –exclamó Elisabet–, estas cosas sólo pasan en las películas. Además –añadió al ver que su hermana no quedaba muy convencida–, te olvidas de papá.

–¿Qué pasa con él?

–Pues que no va a dejar que pase una cosa así.

–Tienes razón, Elisabet –dijo Jessica–. ¿Pero y si él no sabe lo que está pasando o se entera demasiado tarde? Mamá se habrá ido y habrá arruinado su vida.

–Jessica, no quiero escuchar nada más –dijo Elisabet, sacudiendo la cabeza. Dio media vuelta y entró en la salita.

Entonces llegaron las pizzas y el señor Wakefield pagó al chico y entró en la salita con la caja de cartón.

–Limpiad la mesa –dijo–. La cena ya está aquí.

–Justo a tiempo, papá –comentó Steven. Cogió un trozo y señaló el televisor–. Empieza el partido.

–Dile a Jessica que venga a cenar, ¿quieres Elisabet? –le pidió su padre.

–¡Ya están aquí las pizzas! –gritó Elisabet desde el pasillo–. ¡Se van a enfriar!

–No tengo hambre –respondió con otro grito Jessica. Elisabet se encogió de hombros y volvió a la salita.

–Bajará dentro de poco, papá –dijo. Cortó un pedazo de pizza y se lo sirvió–. ¿Papá?

–Hummm.

–¿Cómo mamá y tú...? –pero fue interrumpida por una explosión de gritos de su padre y de su hermano.

–¡Que tiro más increíble! –exclamó el señor Wakefield.

–¡Adelante! –rugió Steven, levantando los puños por encima de la cabeza.

–Lo siento, querida. ¿Qué decías? –dijo el señor Wakefield, mirando a Elisabet.

–Bueno, es que tengo una curiosidad –empezó ella de nuevo–. ¿Cómo os conocistes tú y mamá?

–¿Por qué lo quieres saber? –él levantó la cabeza y la miró.

Elisabet le explicó lo del trabajo de la escuela y le dijo que Amy, Pamela y ella habían tenido la idea de escribir sobre algún hecho real.

–¿Os enamorasteis a primera vista? –preguntó ella.

–¿Nos enamoramos cómo? –musitó su padre ausente. Obviamente no había oído una palabra de lo que ella le había dicho.

–A primera vista –repitió ella en voz alta–. ¿Comprendiste que mamá era tu chica en cuanto la viste?

–Hummm... bueno, eso creo –dijo ausente. Luego se dirigió a su hijo tras oírse en televisión nuevos gritos y aplausos–: ¡Otro año campeones!

–¡Somos únicos! –gritó Steven ronco–. ¡Los mejores!

Elisabet miró a su hermano con disgusto. Había interrumpido la entrevista. Estaba a punto de intentarlo de nuevo cuando oyó que se cerraba la puerta de la entrada y la voz de su madre que gritaba:

–Hola a todos, ya estoy en casa.

–¡Oh, mamá, qué contenta estoy de que hayas vuelto! –expresó Elisabet llena de alegría, corriendo a reunirse con su madre.

–¡Yo también me alegro! –exclamó Jessica desde el piso superior.

–Vaya día –dijo la señora Wakefield que suspiró con fuerza mientras dejaba la cartera en el suelo junto a la puerta de entrada.

–Estoy agotada. Y aún no he acabado. Elisabet, ¿quieres por favor traerme un vaso de agua? –dijo, hundiéndose en el sillón de la sala de estar.

–Desde luego, mamá –Elisabet corrió hacia la cocina.

–¿Has cenado? –preguntó Jessica–. Hemos encargado unas pizzas.

–Oh, gracias, pero no tengo hambre. Me he tomado un bocadillo de camino a casa.

–Mamá, estoy haciendo un trabajo sobre vivencias para la clase de sociales –dijo Elisabet después de entregar a su madre el vaso de agua.

–Qué interesante, querida –contestó su madre, sacando un sobre lleno de papeles.

–Y os he elegido a vosotros dos como tema –añadió Jessica.

–Mmm. Estupendo.

–¿Puedo entrevistarte ahora? –acabó Elisabet–. Es muy importante.

–Claro que sí. Seguro –la señora Wakefield ni siquiera levantó la cabeza de los papeles.

–¿Papá y tú os enamorasteis a primera vista?

–preguntó Elisabet tras lanzar un profundo suspiro.

–¿Cómo os conocisteis? –inquirió Jessica–. ¿Fue muy romántico?

–¿O fue algo repentino, como un encuentro en un aeropuerto? –añadió Elisabet.

–De una en una –protestó la señora Wakefield, levantando las manos. Se enderezó en el sillón como si fuera a responder pero luego dijo–: Lo siento, Elisabet, estoy muy cansada y es una larga historia. ¿Por qué no me lo preguntas mañana? –se levantó y se dirigió hacia la escalera–. Estaré en forma para hablaros de ello. Buenas noches, chicas.

–¡Mamá! ¿Es que no vas a darle las buenas noches a papá? –gritó Jessica tras ella.

–Oh, casi había olvidado que vuestro padre estuviera en casa –musitó la señora Wakefield–. Qué tonta. Buenas noches a todos, me voy directa a la cama –gritó, asomando la cabeza en la leonera.

El señor Wakefield y Steven todavía estaban ante el televisor mirando el partido. El señor Wakefield levantó la vista y envió un beso a su esposa.

–Steven, ¿has hecho los deberes? –preguntó la señora Wakefield. Steven asintió sin levantar la vista del aparato–. Muy bien, entonces nos veremos mañana.

Jessica y Elisabet se miraron entre sí cuando su madre se marchó, con una creciente sensación de temor.

–¿Has oído eso? ¡Había olvidado que papá estaba en casa! –dijo Jessica.

–Y tampoco le apetecía explicarnos cómo se habían enamorado –murmuró Elisabet.

–¡Porque está enamorada de otro! –murmuró Jessica por su parte–. ¡Tenemos que hacer algo antes de que sea demasiado tarde!

–¿Pero qué?

–Espérame en mi habitación. Yo traeré a Steven. Ha llegado el momento de que se entere de lo que está pasando a su alrededor.

Elisabet asintió y corrió al piso superior. Jessica sacudió los hombros y entró en la salita.

–Steven –llamó a su hermano–. ¡Elisabet y yo queremos hablar contigo, ahora!

Steven alzó la vista e iba a replicar algo desagradable, pero la intensa mirada de su hermana lo detuvo. En seguida comprendió que sucedía algo serio y sin decir una palabra, salió de la habitación detrás de Jessica.

–¿A qué se debe todo este secreto? –preguntó Steven una vez se hubieron reunido en la habitación de Jessica–. ¿Estáis planeando otra fiesta sorpresa?

–¡No! –exclamó Jessica–. La verdad es que mamá nos preocupa mucho.

–¿Qué le pasa a mamá? –preguntó Steven.

–Steven, creemos que mamá pasa mucho tiempo con un hombre que se llama Frank Howard –empezó Elisabet, lanzando un profundo suspiro.

–¿Es el tipo que estaba ayer con ella? –preguntó Steven.

–¿Qué quieres decir con «ayer»? –saltó en seguida Jessica ante las palabras de su hermano.

–Bueno, yo había ido al centro y pasé por el café Ritz. Mamá estaba comiendo allí con un individuo.

–¿Era uno guapísimo? –preguntó Jessica.

–Creo que sí –respondió Steven, encogiéndose de hombros.

–¿Qué hizo mamá cuando te vio? –preguntó Elisabet.

–Nada. Estaba tan ocupada hablando que no me vio cuando la saludé.

–Esto lo demuestra –dijo Jessica casi con un murmullo, tras lanzar una mirada a Elisabet.

–¿Qué es lo que prueba? –preguntó Steven que miró alternativamente a sus hermanas.

–Steven –empezó Elisabet suavemente–, creemos que mamá se ha enamorado del señor Howard.

–Ese hombre superguapo y rico con el que tú la viste ayer –añadió Jessica.

–¿Qué? ¡Estáis locas! –exclamó Steven con incredulidad.

–¡No, es verdad! Conocemos a ese hombre. Vive en Beverly Hills, en una fabulosa mansión. Tiene una piscina enorme, campos de tenis y montañas y montañas de dormitorios! –exclamó Jessica, sacudiendo la cabeza.

–¡Uau! –gritó Steven, levantando una mano–. ¿Y cómo sabéis todo esto?

–Mamá nos enseñó un artículo publicado en una revista de diseño sobre su casa. Y vimos cantidad de fotografías de la mansión –explicó Elisabet.

–¡Oh, Lisa! –de pronto Jessica se tapó la boca horrorizada–. ¿Crees que mamá nos enseñó esas fotos por alguna razón?

–¿Qué razón? –preguntó Steven absolutamente confundido.

–Quizá quería que viéramos la casa en la que va a vivir.

–Esperad un momento –cortó Steven–. A mí no me la ha enseñado.

–Me pregunto cómo se sentirá una viviendo en una casa de cuarenta habitaciones. Porque esa casa parece un castillo –comentó Jessica, caminando por la habitación.

–Jessica, deja de hablar de esta manera. Yo no quiero abandonar a papá –dijo Elisabet, saltando de la cama.

–Y yo tampoco –aseguró Jessica, deteniéndose frente a su hermana.

–Entonces, ni siquiera pienses en ello.

–Tienes razón. Probablemente odiaría Beverly Hills. Además, como hay tantas estrellas y gente importante, nadie se dignaría mirarme.

–¡Yo no quiero que papá y mamá se separen ¡Sería una catástrofe! –exclamó Steven con voz quebrada.

–Entonces será mejor que actuemos –dijo Elisabet con voz de mujer adulta y juntando las manos.

–Necesitamos un plan infalible.

–Creo que deberíamos encontrar la manera de separar a mamá y al señor Howard –dijo Jessica tras sentarse en el borde de su cama y morderse el labio pensativamente.

–¿Te refieres a asustarle? –preguntó Steven.

–¡Eso es! –exclamó Jessica, saltando de la cama–. Haremos que el señor Howard crea que somos los peores chicos del mundo.

–¡Fantástico! –Steven se golpeó la palma de la mano con el puño–. Seremos groseros y maleducados...

–E insultantes –añadió Jessica–. Iremos mal vestidos y sucios. El señor Howard no sabe lo que le espera.

–No sé, me parece demasiado exagerado –dudó Elisabet, que odiaba ir mal arreglada.

–¿Exagerado? –protestó Jessica–. ¡Estamos ntentando salvar el matrimonio de nuestros adres! Ahora sólo nos falta encontrar la manera de vernos con el señor Howard.

–Y yo digo que tenemos que seguir adelante on el plan de Jessica. –Steven levantó la mano Jessica puso la suya encima de la de él.

Elisabet miró primero a su hermano y luego su hermana y sofocó un sollozo. Comprendió uánto los quería y lo terrible que sería que la amilia se deshiciera.

–Contad conmigo –dijo, poniendo con soemnidad su mano encima de la de los otros los.

V

El sábado tuvieron la oportunidad de poner en práctica su plan. La señora Wakefield tenía algunos diseños que debía entregar al guapo millonario.

–Yo se los llevaré al señor Howard, mamá –dijo Jessica–. Se los llevaré en bicicleta.

Y antes de que la señora Wakefield pudiera decir que no, Jessica ya había cogido los diseños. Se fue al piso de arriba para decírselo a Elisabet y a cambiarse de ropa.

–Ya está, Lisa –gritó Jessica–. Ha empezado la «Operación Howard».

Cinco minutos después irrumpió en la habitación de su hermana.

–¡Estás horrorosa! –soltó Elisabet al verla.

Jessica se había puesto una blusa vieja y rota que por lo menos tenía dos años. Las mangas eran cortas y se la había abrochado mal a propósito; luego se había puesto unos pantalones cortos que no hacían juego con la blusa.

–Muchísimas gracias. Y tú, ¿te has visto?.

Elisabet se había puesto una camiseta deportiva color naranja con agujeros en los codos y una falda de mezclilla que llevó en una obra de teatro en la escuela.

Se habían peinado el cabello con gel para que pareciera que lo llevaban sucio.

–¿Crees que se nos quitará al lavarlo? –preguntó Elisabet, dándose palmaditas en la cabeza con aversión.

–Desde luego que sí –replicó Jessica que también notaba que su pelo estaba pegajoso–. Es un gel para peinar el cabello. Pero parece que no nos lo hayamos lavado en tres semanas.

–¡Vamos a casa del señor Howard, mamá! –gritaron al marcharse, procurando no ser vistas.

–¿Tenéis su dirección? –contestó la madre–. Está escrita en un extremo de los planos.

–Sí, mamá –gritó Elisabet–. Adiós.

–Id y volver deprisa –dijo la señora Wakefield–. Voy a hacer la comida.

Pedalearon con todas sus fuerzas en dirección al edificio de oficinas del señor Howard. Cuando doblaron una esquina, Jessica gritó:

–Allí está. ¡Es él!

Elisabet casi se cayó de la bicicleta cuando vio al hombre que señalaba Jessica.

–¡Uou! –murmuró–. Verdaderamente parece una estrella de cine.

El señor Howard estaba ante las puertas de cristales del edificio hablando con otro hombre. Aún era más guapo de lo que había imaginado: alto, bronceado, con unos enormes ojos azules.

–Es nuestra oportunidad –dijo Jessica: saltó de la bicicleta y la dejó aparcada con la cadena de seguridad–. ¡Vamos! –sacó los diseños de la cesta y se encaminó hacia el hombre. Elisabet saltó también de su bicicleta, tragó saliva y corrió tras su hermana.

–¡Señor Howard! ¡Señor Howard! –saludó Jessica, dirigiéndose hacia él. Él se volvió al oír su nombre con una agradable sonrisa en el rostro. La sonrisa desapareció y dejó paso a una mirada sorprendida cuando vio a esas dos chicas tan estrafalarias ante él.

–Hola, señor Howard. Soy Jessica Wakefield y ésta es mi hermana Elisabet.

–¿Sois las hijas de Alice Wakefield? –preguntó el hombre, con expresión de incredulidad.

–Nos ha pedido que traigamos estos planos a su oficina –continuó Jessica–. Suerte que lo hemos encontrado.

–Gracias –dijo el señor Howard, que las miró de arriba abajo con curiosidad–. Al parecer habéis estado haciendo hoy algún trabajo duro, ¿eh?

–Oh, no –respondió Jessica–. Así es como siempre vamos vestidas. ¿Verdad Elisabet?

Elisabet asintió.

–¿Siempre?

El señor Howard miraba la ropa que llevaban con evidente desagrado.

–Sí, mamá diseña toda nuestra ropa. ¿No le parece que tiene muy buen gusto? –preguntó Jessica dando una vuelta ante él, que se había quedado demasiado sorprendido para responder a su pregunta.

–Seguro que a ella le gustaría diseñarle un traje –siguió diciendo Jessica.

–Oh, no hace falta –replicó él apresuradamente–. Yo ya tengo mi sastre.

–¿Está usted seguro? –insistió Jessica y él asintió rápidamente.

–Oh, bueno, usted se lo pierde –cogió a Elisabet del brazo y empezaron a caminar por la acera–. Hasta la vista.

Tan pronto como estuvieron fuera de su alcance, se apoyaron contra el muro del edificio y estallaron en locas carcajadas.

–¡Debe de pensar que mamá es la diseñadora más rara que ha conocido en toda su vida! –Elisabet señaló hacia el señor Howard.

Seguía donde estaba. Sacudió la cabeza lentamente con expresión aturdida. Luego se despidió de su amigo y entró en el edificio.

Cuando montadas de nuevo en sus bicicletas se dirigían hacia su casa, Elisabet dijo:

–Espero que no nos hayamos metido en un problema.

–No temas –le aseguró su hermana–. ¡Apuesto que no lo volveremos a ver nunca más!

Una hora más tarde, Jessica y Elisabet se habían lavado el cabello y se habían cambiado de ropa. Iban a sentarse a la mesa para comer cuando sonó el timbre de la puerta.

–¡Ya voy yo! –gritó Jessica a su madre que estaba en la cocina. Se detuvo ante la ventana y espió a través de la cortina. Cuando vio quién era, sintió que se le doblaban las rodillas.

–¡Es el señor Howard! –murmuró a su hermana–. ¡Está aquí!

–¿Y qué viene a hacer aquí? –preguntó Elisabet–. Nunca pensé que vendría a casa.

En ese momento Steven apareció en el extremo de la escalera. Jessica, pensando a toda prisa, le avisó:

–Steven, es él. ¡Sube el estéreo y compórtate de una manera odiosa!

–¡Ahora mismo! –Steven se rió y entró en la sala de estar. Entonces las gemelas abrieron la puerta.

–¡Vaya! –exclamó el señor Howard. Al observar su aspecto tan distinto se extrañó; pero se recuperó rápidamente y les lanzó una sonrisa deslumbrante–. Apenas os reconozco. ¿Está vuestra madre?

–Tendrá que hablar más alto. ¡No le oímos! –dijo Jessica, poniéndose una mano en la oreja.

–Quizá si bajarais la música, sería más fácil la conversación –dijo el señor Howard adelantándose.

–Buena idea –Jessica se volvió y gritó, arrastrando las palabras–. ¡Ste-ven! ¡Baja eso!

–Es nuestro hermano Steven –explicó Elisabet sonriendo, cuando la música se dejó de oír.

–Siempre pone la música muy alta –añadió Jessica.

–Entre, señor Howard. Mamá está en la cocina –dijo Elisabet temerosa de que las cosas llegaran demasiado lejos.

–Muchas gracias –respondió él más tranquilo.

Entonces Steven entró bailando y contorsionándose en la habitación con los audífonos puestos.

–Es inútil intentar hablar con él –explicó Jessica–. Casi nunca se los quita.

–Mamá, ha venido el señor Howard –gritó Elisabet en dirección a la cocina.

–¿Frank? –la señora Wakefield entró en la habitación quitándose el delantal–. ¡Qué agradable sorpresa! –Las gemelas se los quedaron mirando con atención mientras ellos se daban la mano.

–He firmado los cambios que has hecho en los planos –dijo el señor Howard–. Y he creído oportuno venir a devolvértelos –le entregó el grueso envoltorio y sonrió–. Estoy muy impresionado con tu trabajo. Es sencillamente extraordinario, Alice.

–Muchísimas gracias, Frank –dijo ella, devolviéndole la sonrisa y ruborizándose.

Jessica hizo un movimiento para acompañar al señor Howard a la puerta cuando su madre dijo:

–¿Por qué no nos acompañas a comer? Es una lástima que mi marido haya tenido que ir a la oficina hoy, pero ahora iba a sentarme a la mesa con los chicos.

Jessica contuvo la respiración mientras esperaba su respuesta, y su corazón le dio un brinco cuando oyó:

–Gracias, con mucho gusto.

–Chicos, id a lavaros las manos –oyeron decir a su madre las preocupadas gemelas– mientras yo le sirvo al señor Howard un vaso de té helado.

–Sí, mamá –Jessica y Elisabet corrieron al

piso de arriba y entraron en su cuarto de baño.

–¿Y ahora qué hacemos con él aquí, queréis decírmelo? –dijo Steven que apareció en el umbral de la puerta.

–¡Ha llegado el momento de poner en práctica el segundo plan! –exclamó Jessica.

–Yo no recuerdo ningún segundo plan –dijo Elisabet que estaba junto a su hermana ante el lavabo–. ¿Cuándo se nos ha ocurrido?

–¡En este preciso momento y es un plan perfecto! –declaró Jessica mientras se secaba las manos con la toalla–. ¡Vamos a matarlo con amabilidad! Y le meteremos especias en la comida.

–Mamá, ¿por qué tú y el señor Howard no os vais al comedor? Elisabet y yo lo prepararemos todo –dijo Jessica al entrar en la cocina seguida de Elisabet.

–Espera a que pruebe mi ensalada especial –murmuró Jessica a su hermana cuando su madre hubo salido de la cocina.

Jessica abrió la nevera y empezó a trasladar tarros de especias de diferentes tamaños al mostrador.

–Lisa, tú prepara platos con ensaladas individuales mientras yo preparo el aderezo especial.

–¡Ahora mismo! –Elisabet repartió la ensalada en cinco platos y luego vertió el aderezo italiano en cuatro de ellos.

–Si con esto no desaparece –rió Jessica entre dientes cuando puso su aderezo especial en la ensalada del señor Howard–, no sé qué podrá hacerle desaparecer.

–¿Qué has puesto? –preguntó Elisabet mientras trasladaba los platos a una bandeja de color amarillo brillante.

–Melaza, ajo, catchup, salsa de soja y mi ingrediente secreto... ¡guindillas!

Antes de que Elisabet pudiera decir una palabra, Jessica abrió la puerta que comunicaba con el comedor y anunció:

–¡Señores y señoras, la comida está servida!

–Me gustaría dar la bienvenida a nuestro invitado. *Bon appétit* –dijo la señora Wakefield levantando el vaso de té helado cuando todos estuvieron servidos.

Jessica alzó las cejas mirando a Elisabet. Sabían que su madre hablaba en francés cuando quería impresionar a alguien.

Las gemelas cogieron los tenedores y esperaron a que el señor Howard tomara el primer bocado del mejunje especial de Jessica.

El señor Howard masticó despacio durante un segundo, luego abrió los ojos y empezó a toser.

–Frank, ¿te encuentras bien? –preguntó la señora Wakefield, desplazando su silla hacia atrás.

–¡Agua! –gimió él, pudiendo apenas emitir una palabra.

–¡Yo se la traeré! –Jessica se puso en pie y corrió a la cocina, pudiendo de esta manera ocultar sus risas.

Elisabet se mordió el labio y se quedó mirando fijamente su plato, intentando no reír. Steven, comprendiendo que su hermana debía de haber puesto algo en la ensalada del invitado, sonreía.

Jessica volvió con un gran vaso de agua y se lo entregó al señor Howard que tenía las mejillas llenas de lágrimas.

–Gracias. Creo que el aderezo de la ensalada es demasiado fuerte.

–Este aderezo es especial de mamá –dijo Jessica con los ojos brillantes–. Lo comemos casi cada día. ¿No le ha gustado?

–Sí, desde luego. Sólo que, uh... lleva especias y es diferente –respondió el señor Howard tomando un gran sorbo de agua y asintiendo.

–¿Especias? –La señora Wakefield miró a Jessica confundida.

–Estoy contenta de que le guste, señor Howard. Le serviré un poco más –se apresuró a decir Jessica antes de que él dijera nada más.

–¡No! –exclamó el señor Howard a punto de caerse de la silla–. No, gracias. La verdad es que no tengo mucha hambre, he desayunado mucho.

–¡Oh! –Jessica dejó la ensalada frente a él–. Bueno, creo que le gustará el asado de carne y verduras de mamá, va muy bien con la ensalada.

–Jessica, hoy estás amabilísima –dijo la señora Wakefield avergonzada.

–Es que quiero que el señor Howard sepa lo buena cocinera que eres –explicó Jessica con su sonrisa más dulce.

–Yo... yo estoy seguro de que lo es –dijo el señor Howard, poniendo su servilleta encima de la mesa–. Desgraciadamente creo que no voy a poder acabar con vosotros esta... eh... deliciosa comida. Disculpadme por favor, pero acabo de recordar que tengo una reunión extraordinaria.

–Siento que tengas que marcharte tan pronto, Frank. Quizá podamos comer en otra ocasión –dijo la señora Wakefield, completamente perpleja.

–Ya quedaremos –le aseguró el señor Howard–. No, Alice, no te levantes. Conozco el camino.

–Nosotras le acompañaremos –dijo Jessica cogiendo la mano de su hermana.

–Espero que vuelva otro día, señor Howard. Mamá es famosa por sus platos originales.

–Apuesto a que sí –respondió él intentando sonreír.

–Lástima que no tenga ocasión de reunirse con el resto de nuestros hermanos y hermanas –siguió diciendo Jessica con voz chillona.

–¿El resto? –el señor Howard pareció muy confundido–. Creía que sólo erais tres.

–Viviendo en Sweet Valley –explicó ella rápidamente–. Pero tenemos un montón de hermanastros en toda California. Son de los dos primeros matrimonios de mamá –Jessica bajó la voz y añadió–: Esperamos que éste sea el último.

–Bien, creo que vuestra madre es una magnífica decoradora y una mujer estupenda –dijo el señor Howard cruzando la puerta de entrada–. Tiene un gran futuro.

Caminó lentamente y casi tropezó con el bordillo del camino de entrada. Cuando se introducía en el coche Jessica gritó:

–Vuelva pronto. Mamá le preparará su asado especial de atún. Es muy original.

Lo último que vieron las gemelas fue la sorprendida cara del señor Howard desapareciendo en el interior del coche. Entonces las dos se echaron a reír.

–¡Jess, eres terrible! –logró decir Elisabet.

–Lo sé –murmuró Jessica entre risas–. Pero recuerda, es por la familia.

Mientras contemplaban cómo el coche se deslizaba calle abajo, Elisabet preguntó en voz alta:

–¿Crees que esto lo apartará de mamá?

–Oh, Lisa, espero que sí –dijo en voz baja y dejando de llorar de risa–. ¡Eso espero!

VI

Elisabet se encontró con Amy en el parque el lunes por la tarde. Ambas se dirigieron a casa de Pamela donde iban a trabajar en la redacción sobre un hecho real. Elisabet no había podido concentrarse demasiado; tenía un nudo en el estómago porque estaba muy preocupada por sus padres. Ninguno de ellos le había explicado todavía cómo se conocieron y aquello la preocupaba aún más.

–Elisabet –preguntó Amy, tras haber caminado en silencio toda una manzana–. ¿Te sucede algo?

–¡No! –replicó con demasiada rapidez–. ¿Por qué?

–Bueno, porque estos últimos días has estado muy callada. Pensaba que a lo mejor estabas enferma o algo así.

–Pues no estoy enferma ni nada de eso. –Elisabet sacudió la cabeza con tristeza.

–¿Estás enfadada conmigo? –preguntó Amy, deteniéndose.

–¡Desde luego que no! –Elisabet no podía ocultar más su secreto y, antes de que se diera cuenta, ya había salido por su boca toda la historia, empezando por el aniversario olvidado y acabando con la comida con el señor Howard.

–Mucho me temo que mis padres vayan a separarse. –Elisabet tuvo que hacer un gran esfuerzo para tragarse las lágrimas.

–Ya sabes que a veces los padres están muy ocupados, pero eso no quiere decir que no se amen. ¿Estás segura de que no son imaginaciones tuyas? –le dijo Amy, dándole un golpecito en el hombro.

–Pero es que no soy sólo yo –protestó Elisabet–. Jessica también cree lo mismo.

–Ya conoces la imaginación de Jessica. Siempre lo exagera todo.

Tenía razón, con Jessica las cosas siempre eran o muy horribles o realmente fantásticas. No tenía nunca un término medio.

–Espero que tengas razón. Mis padres han estado tan distanciados últimamente... –Elisabet se puso un mechón de cabello detrás de la oreja.

–Ya me dijiste que tu padre estaba trabajando en un caso muy importante.

–Lo sé...

–Y que tu madre tiene un encargo importantísimo para un nuevo cliente.

–Un hombre riquísimo y guapísimo –afirmó Elisabet.

–¿Y qué? –Amy se encogió de hombros–. Pero si tu padre es un hombre muy guapo.

Elisabet sonrió agradecida a su amiga.

–Mira –dijo Amy–, mis padres siempre trabajan hasta muy tarde. Apenas se ven. Incluso se dejan mensajes en la puerta de la nevera.

–¿De veras? –preguntó Elisabet sin poder ocultar la risa.

–Te lo juro –dijo Amy, apoyando la mano contra el pecho.

Elisabet de pronto se sintió aliviada. Era muy afortunada al tener tan buena amiga. Mientras seguían su camino, pensó: «Amy tiene razón. Hay matrimonios en los que ambos trabajan mucho y no se separan. ¿Por qué tendrían que separarse mis padres?»

Cuando llegaron ante la casa de los Jacobson, Amy iba a tocar el timbre, pero antes de que su dedo lo rozara se abrió la puerta. Pamela apareció en el umbral con una gran sonrisa en el rostro.

–¡Hola! ¡Entrad! ¡Tengo una sorpresa para vosotras!

–Hola chicas –dijo la señora Jacobson que estaba en la sala de estar–, os voy a llevar a todas a la heladería Casey y os voy a invitar a un helado de plátano.

–¿Y nuestro trabajo? –preguntó Elisabet, señalando la libreta de notas.

–Ya he acabado la entrevista con mis padres y ahora le toca a Amy –dijo Pamela–. También he acabado el trabajo sobre parejas románticas de la literatura, como Romeo y Julieta. Amy ha recopilado unos sonetos de amor de Shakespeare.

Elisabet se quedó mirando fijamente la libreta de notas que sostenía en la mano. Había hecho una lista de algunas parejas románticas históricas, pero aún no había empezado la investigación en la biblioteca. Se ruborizó; por su culpa se retrasaba el trabajo.

–Todavía nos queda toda una semana para acabar el trabajo –dijo Amy rápidamente al darse cuenta de la preocupación de su amiga–. Tenemos mucho tiempo. Vamos a tomar el helado.

–Está bien. ¡Vamos! No se pueden rechazar los helados de Casey –dijo Elisabet, sonriendo a la señora Jacobson.

En la heladería Casey, la más popular de Sweet Valley, la señora Jacobson encargó a la camarera cuatro helados de plátano.

–¡Sentémonos aquí! –exclamó Pamela, señalando una mesa redonda junto a la ventana. Elisabet sonrió. Sabía por qué Pamela quería sentarse al lado de la ventana. Muchos chicos de la

Escuela Media de Sweet Valley iban allí a tomar helados y aquel era un buen sitio para verlos llegar.

–Oh, mirad, ahí está Bruce Patman. –Pamela señaló a un muchacho de cabello oscuro que estaba apoyado en uno de los pilares de la escalera mecánica. Bruce era uno de los chicos más guapos y más engreídos de séptimo.

–Y Jerry McAllister y Charlie Cashman están con él –dijo Elisabet, metiendo su cucharilla en el helado de plátano.

–¿Y qué hay de raro? –preguntó Amy–. Esos chicos siempre van pegados como el chicle.

Todas rieron mientras se sumergían en sus helados.

–¡Elisabet! ¿No es ésa tu madre? –preguntó de pronto Amy con la boca llena de helado.

Amy señaló hacia una mujer que miraba el escaparate de una tienda de decoración que había en las Galerías. Estaba de espaldas, pero Elisabet reconoció a su madre inmediatamente y reconoció también al hombre que estaba junto a ella.

–Oh, no –gritó Elisabet. Obviamente su plan de apartar al señor Howard había fracasado. Su madre todavía lo veía y parecía más feliz que nunca.

–¿Te sucede algo, Elisabet? –le preguntó la señora Jacobson.

–¡No! –Elisabet buscó torpemente su servilleta e hizo ver que se limpiaba–. Me he manchado con un poco de helado. Eso es todo.

Luego Elisabet levantó la vista y se encontró con la mirada de Amy.

–¿Es ése? –murmuró Amy, y Elisabet asintió.

–¿Son tus padres? –preguntó la señora Jacobson cuando la pareja entró en la tienda.

–Es mi madre y uno de sus clientes. –Elisabet procuró aparentar toda la calma que le fue posible–. Mi madre es decoradora y a veces acompaña a los clientes a comprar.

–Qué raro –dijo la señora Jacobson, contemplando la tienda de enfrente.

–¿Qué sucede? –preguntó Pamela, siguiendo la mirada de su madre.

–Puede parecer una tontería, pero creo que alguien los está siguiendo –la señora Jacobson señaló un pilar con la cuchara–. Mirad.

Una silueta con un abrigo largo y un gran sombrero espiaba detrás de una columna de mármol y luego se acercó un poco a la tienda. El espía sacó un periódico del bolsillo del abrigo e hizo ver que lo leía.

Elisabet estuvo a punto de atragantarse con el helado. Reconoció el abrigo y el sombrero de su madre, ¡pero los zapatos de tenis pertenecían a su hermana!

–¡Jessica!

–¿Dónde? –Pamela volvió a mirar en dirección al lugar en el que estaban reunidos Bruce Patman y sus amigos–. ¿Está con ellos?

Elisabet se sintió aliviada al comprobar que nadie reconocía a su hermana en la persona del abrigo y el sombrero.

–Cre-creo que es ella –tartamudeó Elisabet–. Jessica y yo teníamos que encontrarnos aquí. Casi lo había olvidado. Probablemente me estará esperando frente a Modas Sweet Valley.

Elisabet se levantó y agradeció la invitación a la señora Jacobson.

–Hablaré con vosotras más tarde –les dijo a Pamela y a Amy.

–¡Llámame esta noche! –gritó Amy.

Elisabet asintió y salió de la heladería.

Tenía que idear la manera de ponerse en comunicación con Jessica sin que se dieran cuenta sus dos amigas ni la señora Jacobson. Se dirigió a la puerta de la tienda de decoración e hizo ver que saludaba a su madre, al mismo tiempo que murmuraba:

–Cuenta hasta treinta y luego sígueme –y añadió–: ¡Jessica, te están observando, actúa con naturalidad!

Tan pronto como estuvieron a salvo de miradas, Elisabet se puso las manos en las caderas y sacudió la cabeza.

–¿Qué se supone que estás haciendo?

–Estoy siguiendo a mamá. –Jessica se sacó el sombrero y el abrigo–. Estábamos en casa cuando sonó el teléfono. El señor Howard le ha dicho que se reunieran en las Galerías. Y yo he pensado que sería mejor seguirlos. Me he subido a un autobús y he venido hasta aquí.

–Bueno, ¿y qué has descubierto?

–Oh, Lisa, esto tiene muy mal aspecto. Han estado comprando juntos porcelana y cubiertos de plata –dijo Jessica con tristeza.

–Recuerda que mamá es decoradora. Siempre acompaña a los clientes a comprar este tipo de cosas. –Elisabet lanzó un profundo suspiro para mantener la calma.

Una risa familiar interrumpió su conversación. Las chicas contuvieron la respiración cuando su madre y el señor Howard pasaron junto a ellas. Jessica se ocultó en un recodo para observarlos sin ser vista.

–¿Qué hacen ahora? –preguntó Elisabet.

–Han entrado en la joyería.

–¿Y para qué tienen que entrar ahí?

–¡Oh, Lisa, están mirando anillos de compromiso! –la voz de Jessica apenas era un murmullo.

–¡No, Jess! –Elisabet se tapó la boca horrorizada.

–¿Cuántas decoradoras conoces que elijan el anillo de compromiso para sus clientes?

VII

Querida Elisabet:

Tengo un plan. Reúnete conmigo frente a la oficina de papá a las 3,30. Te estaré esperando.

Te quiere, Jess

Jessica leyó la nota que había escrito con los ojos llenos de lágrimas. Ver a su madre eligiendo anillos con el señor Howard le había hecho sentirse muy mal. Cuando su madre había salido de la tienda, ella y Elisabet entraron a ver el anillo por sí mismas. Era muy bonito: un brillante enorme rodeado de finos zafiros. Tenía que ser un mal sueño y Jessica estaba dispuesta a acabar con él de una vez por todas.

Jessica dobló la nota y la metió en la taquilla de Elisabet. Volvía a clase corriendo de tal manera que a punto estuvo de chocar contra Janet Howell, una de las chicas más populares de octavo y presidenta del Club de las Unicornio.

–Hola, Jessica. ¡No te olvides de la reunión de esta tarde!

–¿Reunión? –Jessica tenía la mente en blanco.

–Sí, la reunión –dijo Janet–. Hoy es el día en que tenemos que hablar de la adjudicación de premios, ¿te acuerdas, verdad? El que se concede a quien haya prestado un mejor servicio a la comunidad –sonrió comprensivamente–. Seguro que tendrás alguna idea estupenda.

–¿Y es hoy? –Jessica se apoyó contra la pared. Desde que el señor Howard había aparecido en escena, ella lo olvidaba todo.

–¡Claro que es hoy! –exclamó Janet–. Y debemos estar allí todas sin excepción.

Durante medio segundo Jessica dudó si debía volver y retirar la nota que le había dejado a Elisabet y asistir a la reunión, o no. Pero entonces sonó el timbre y comprendió que no le daría tiempo a retirar la nota.

–Lo siento, Janet –dijo Jessica–. Pero hoy no puedo ir.

La otra chica enarcó las cejas, pero, antes de que pudiera decir nada, Jessica dio media vuelta y salió corriendo por el vestíbulo.

–Adiós, Janet –gritó por encima del hombro.

Durante unos instantes Jessica se sintió terriblemente mal. Janet Howell pensaría que no le importaban las Unicornio. Pero en momentos como aquellos poco importaba lo que pensase Janet.

«Tengo cosas más importantes en qué pensar –se dijo para sus adentros–. ¿Cómo podré salvar el matrimonio de mis padres?»

–¿Y cuál es tu plan? –preguntó Elisabet cuando se reunió con Jessica más tarde. Se hallaban frente a las puertas de cristal que accedían a las oficinas de la firma de abogados del señor Wakefield.

–Elisabet –empezó su hermana–, ha llegado el momento de decirle a papá lo que está pasando entre mamá y el señor Howard.

–¿De veras crees que es una buena idea, Jess? ¿No hay otra cosa que podamos hacer?

–¿Como qué? –le espetó Jessica–. No podemos quedarnos a esperar que ese millonario se lleve a mamá de nuestro lado.

–¿Pero qué hará papá?

–No lo sé –Jessica se quedó un momento pensativa–. Espero que no quiera pegarle un tiro al señor Howard o algo así.

–Papá nunca le haría daño a nadie –dijo Elisabet rápidamente.

–Bueno, es abogado. A lo mejor le demanda por millones y millones de dólares. –Una sonrisita cruzó el rostro de Jessica–. Sabes, no sería mala idea.

–¿Y cómo se lo vamos a decir? –preguntó Elisabet.

–Esto no nos debe acobardar –dijo Jessica con firmeza–. Tenemos que unirnos y decirle a papá que él puede hacer que mamá recupere el sentido. Luego las cosas volverán a ser como antes, Lisa.

–Tienes razón, vamos –asintió Elisabet tras limpiarse la nariz con un pañuelo.

Minutos más tarde fueron introducidas en el despacho de su padre por su secretaria.

–Bueno, ¿y a qué se debe esta deliciosa interrupción? –preguntó él que las miró sorprendido desde su mesa de trabajo.

Jessica abrió la boca y fue a hablar pero luego se calló. Su padre, sentado frente a ellas, reía abiertamente. Al parecer le había gustado que fueran a verle y ella no se veía con ánimos de contarle sus inquietudes.

–¿Cómo te va ese caso tan importante, papá? –dijo finalmente.

–Me satisface mucho que me lo preguntes –respondió cruzando las manos–. Debería estar visto para sentencia mañana... –hizo una pausa dramática–. ¡Me parece que vamos a ganarlo!

–¡Oh, papá, es magnífico! –exclamó Elisabet adelantándose y rodeando a su padre con los brazos. Tuvo que hacer grandes esfuerzos para contener las lágrimas porque le vino a la cabeza la visión de su madre abandonando a su encantador padre, y aquello la hacía llorar.

–Es fantástico, papá. –Jessica también corrió a abrazarlo.

–¿Eh, qué es todo esto? –preguntó él, complacido por las efusiones de sus hijas.

–Es que queríamos que supieras que te queremos y... –los ojos de Elisabet se empañaron de nuevo y no pudo seguir.

–... que últimamente te hemos echado mucho de menos –acabó por ella Jessica–. ¡Muchísimo!

–Bueno, yo también os he echado de menos –replicó su padre–. Por eso mañana por la noche podríamos ir todos juntos a cenar para celebrarlo.

Elisabet y Jessica intercambiaron una mirada furtiva por encima de la cabeza de su padre. Ser gemelas era una gran ventaja en momentos como aquél porque cada una sabía lo que estaba pensando la otra.

–Papá, tengo una gran idea –dijo Jessica–. ¿Por qué no te llevas a mamá a cenar?

–A un restaurante bien especial –sugirió Elisabet.

–Y cenáis así en un sitio romántico a la luz de las velas –añadió Jessica. Estaba segura de que aquello le gustaría.

–Oh, yo sé de uno en el que hay un violinista que se acerca a tu mesa e interpreta una serenata –dijo Elisabet con voz soñadora.

–Escuchad las dos. Parecéis un par de casamenteras –rió el señor Wakefield.

–Bueno, te olvidaste de tu aniversario de boda –le recordó Jessica, poniéndose las manos en las caderas–. Así es que creo que deberías llevar a mamá a cenar a algún sitio especial.

–Y yo también –dijo Elisabet.

–¿Es una orden? –preguntó el señor Wakefield, mirando a sus hijas.

–¡Sí! –replicaron ellas al unísono.

–Muy bien –se puso las manos detrás de la cabeza y se relajó en su silla–. Sabéis, no es mala idea –dijo pensativamente–. Hay un pequeño restaurante italiano al que vuestra madre y yo íbamos mucho antes de casarnos y no hemos vuelto hace años. No sería mala idea que fuésemos ahora.

–¡Oh, papá! –Jessica lo abrazó de nuevo–. ¡Tenéis que ir allí, tenéis que hacerlo!

–¡Está bien! ¡Está bien! –exclamó su padre alzando las manos–. Escuchad. Todavía tengo trabajo esta tarde. Y si quiero ganar el caso, es mejor que desaparezcáis.

–¡Sí, señor! –saludaron y se fueron.

Aquella noche, antes de irse a la cama, Elisabet se acercó a la habitación de Jessica y llamó suavemente a la puerta.

–Entra.

Jessica ya se había metido en la cama. La lámpara de la mesilla de noche brillaba en la oscuridad de la habitación.

–Jess, ¿crees que la cena arreglará las cosas entre papá y mamá? –murmuró Elisabet.

–No estoy segura, Lisa. Es un buen comienzo, aunque por otro lado... –su voz la traicionó.

–Jessica, tienes esa expresión en los ojos...

–¿Qué expresión? –le preguntó Jessica, que aparentó inocencia.

–Ésa que tienes cuando planeas hacer algo que te va a meter en graves problemas.

–¡Elisabet! –exclamó Jessica ofendida–. No me voy a meter en ningún problema.

–¿Prometido?

–¿Es que no me crees? –preguntó Jessica, haciendo un puchero.

–¿Prometido? –insistió Elisabet con firmeza.

Jessica miró un instante a su hermana y luego apagó la lamparilla de la mesilla.

–Créeme –dijo la voz de Jessica en medio de la oscuridad–. Buenas noches, Elisabet.

VIII

El jueves, después de las clases, Jessica cogió su bicicleta y pedaleó hasta la oficina del señor Howard en el centro de la ciudad. «Me voy directamente a verlo para decirle que deje en paz a mamá.»

No le había dicho nada acerca de su plan a Elisabet porque sabía que su hermana hubiera intentado sacárselo de la cabeza.

«Le diré que nuestra familia estaba perfectamente hasta que él llegó a Sweet Valley –se dijo mientras pedaleaba–. Le diré que mamá y papá están enamorados y que, si mamá se va, nosotros quedaremos huérfanos. Luego le pediré con educación que vuelva a Beverly Hills... *solo*.»

Jessica tragó saliva. Ante ella apareció el nuevo edificio cubierto de cristales de las oficinas del millonario. Dejó la bicicleta en el aparcamiento de la entrada y se dirigió al ascensor que la llevaría directamente al ático.

El ascensor se detuvo y se abrió mostrando

la gran zona de recepción. Una agradable mujer de cabello blanco y gafas se dirigió hacia ella.

–¿En qué puedo ayudarte?

–Soy Jessica Wakefield y me gustaría hablar con el señor Howard, por favor.

–Ah, ¿eres la hija de Alice Wakefield? –preguntó la recepcionista. Jessica asintió y la mujer sonrió–. Siéntate, Jessica. Le diré al señor Howard que estás aquí. –La recepcionista le señaló un sofá de color gris que había junto a la pared.

Cuando miró a su alrededor, Jessica comprobó que su madre había hecho un gran trabajo en la decoración de ese lugar. La inmensa alfombra tenía un brillo rojizo, unas mesas cromadas con preciosas lámparas de cristal estaban situadas a ambos lados del sofá y los colgantes en las paredes le daban un tono de elegancia y riqueza a la habitación.

Justo cuando estaba pensando en cambiar de opinión y marcharse de allí, el señor Howard salió de su despacho.

–¡Hola, Jessica, qué agradable sorpresa! –le sonrió ampliamente y una vez más ella observó lo guapo que era.

–Hola, señor Howard –dijo Jessica con su voz más impersonal. No deseaba que se le contagiara el encanto de él–. Me estaba preguntando si podría hablar un momento con usted.

–Desde luego –hizo un gesto para que lo siguiera, pero la secretaria lo interrumpió–. Perdone, señor Howard, pero hay una llamada para usted en la línea uno.

–Discúlpame, Jessica –dijo volviendo a su despacho–. Sólo será un minuto.

Ella vio cómo descolgaba el teléfono y luego con la otra mano cerraba la puerta; pero la gran puerta de roble quedó entreabierta.

Jessica no tenía la intención de espiar, pero sus palabras llegaban perfectamente claras hasta recepción. Y entonces sintió un hormigueo en el estómago.

–¿Querida, cómo estás? –dijo el señor Howard–. Te echo de menos.

Jessica apretó los labios. «Es peor de lo que imaginaba. Se vieron el lunes por la noche y ya se echan de menos.»

–Ya tengo el anillo, querida –siguió diciendo él–. Estoy impaciente porque llegue el sábado. Entonces estaremos juntos para siempre.

«¡El sábado! –Jessica se levantó de un salto y corrió hacia el ascensor–. *¡Es pasado mañana!*»

–Espera un momento, Jessica –oyó la voz de la secretaria tras ella–. ¿No querías hablar con el señor Howard?

–Es demasiado tarde para hablar –dijo Jessica que entró en el ascensor a trompicones.

IX

Elisabet se quedó mirando fijamente la página en blanco de su libreta de apuntes. Era la última reunión del grupo y ella tampoco iba preparada. Las tres chicas se encontraban en el cuarto de estar de la casa de los Sutton.

–Voy a traer unas bebidas –dijo Amy, poniéndose de pie y desapareciendo en la cocina.

Pamela se fue a telefonear a su madre y Elisabet corrió a la cocina a hablar con Amy.

–Amy –murmuró–. No he hecho la entrevista.

–¿Es que no has podido hablar con tus padres?

–En casa están pasando demasiadas cosas –dijo, sacudiendo la cabeza con tristeza. Miró a los ojos a su mejor amiga–. Creo que voy a tenerme que borrar de este trabajo.

–¡No puedes, Elisabet!

–No os voy a fastidiar a Pamela y a ti. Si yo no hago mi parte, la señorita Arnette también os pondrá mala nota a vosotras.

–No te preocupes, Elisabet. Todavía tienes toda una semana para hacerlo.

–Pero Amy, yo no sé cuándo voy a poder hablar con mis padres –cogió un vaso de cola y siguió a su amiga hasta el cuarto de estar.

–Me voy, será mejor así; ya nos veremos –dijo Elisabet cuando se sentaron, cerrando su libreta de notas.

–¡No lo dejes! –exclamó Pamela–. No importa lo que suceda con tu familia, nosotras seguiremos juntas.

–Pamela lo sabe, Elisabet –dijo Amy cuando Elisabet la miró sorprendida–. He tenido que decírselo.

Antes de que Elisabet pudiera responder, sonó el timbre de la puerta e instantes después Jessica irrumpió en la habitación. Parecía como si hubiera visto un fantasma.

Rápidamente contó la conversación que había escuchado en el despacho del señor Howard.

–Oh, Lisa, nunca hubiera pensado que mamá nos dejaría tan pronto –sollozó.

–¡Tenemos que detenerla! –exclamó Elisabet con determinación.

–¡Os ayudaremos! –Amy y Pamela se unieron a ellas.

Durante los minutos siguientes nadie dijo una palabra. Jessica esperó impaciente en un rincón. Amy masticaba pensativamente un trozo de manzana y Elisabet concentró toda su energía en pensar un plan que detuviera al millonario usurpador.

–Tengo una idea –exclamó de pronto Jessica–. Es un poco fuerte, pero es lo que necesitamos.

–¿Y qué es? –preguntó Elisabet mientras las demás se ponían de pie.

–Primero hemos de pedirle a Steven que hoy no entrene –dijo Jessica–. Después os lo contaré todo.

Las cuatro chicas bajaron del autobús frente a la Escuela Superior de Sweet Valley y se encaminaron hasta la entrada del gimnasio de la escuela.

–Bien –dijo Jessica–. El equipo todavía está entrenando.

Al atravesar las puertas, les llegó el sonido familiar de la pelota botando contra el suelo de madera, mezclado con gritos y con el sonido de las zapatillas deportivas golpeando el piso. Steven, que jugaba con el equipo juvenil universitario, era uno de los jugadores que estaban en la cancha.

–Espero que podamos hablar con él –le dijo Elisabet a Amy con expresión preocupada–. No tenemos mucho tiempo.

En ese momento el entrenador hizo sonar el

silbato y todos los chicos empezaron a salir de la cancha.

–Buen trabajo, chicos –dijo el entrenador, y les fue entregando una toalla limpia a cada uno mientras salían obedientemente–. Nos veremos mañana.

Steven iba a entrar en los vestuarios cuando descubrió a Jessica.

–¡Steven Wakefield! –gritó ella–. ¡Ven aquí!

–¿Habéis venido a ver a una estrella en acción? –preguntó con una amplia sonrisa mientras se dirigía hacia ellas.

Elisabet pensó que Jessica iba a darle una bofetada y por eso le dijo apresuradamente:

–Steven, necesitamos tu ayuda. Es muy importante.

–¿De qué se trata?

–Mamá se va con el señor Howard pasado mañana –exclamó Jessica.

–¿Qué? –A Steven la noticia le dejó estupefacto.

–Es verdad –le aseguró Elisabet–. Jessica ha oído cómo lo planeaban por teléfono desde el despacho del señor Howard.

–Es verdad, Steven –dijo Jessica solemnemente–. Tenemos que hacer algo inmediatamente para detenerlos.

–¿Pero qué podemos hacer? –preguntó él.

–Iremos a convencer al señor Howard, de

una vez por todas, que liarse con mamá sería lo peor que pudiera hacer en el mundo –dijo Jessica cruzando los brazos.

–¿Y cómo vamos a hacerlo?

–El señor Howard va a venir esta noche a cenar a casa... es decir, después de que yo lo invite.

–Pero papá y mamá no estarán.

–¡Mucho mejor! –exclamó Jessica con ojos brillantes–. El señor Howard llegará cuando ellos ya se hayan ido y entonces conocerá a los verdaderos chicos Wakefield... a los diez.

–¿Diez? –Steven sacudió la cabeza confundido.

–Eso es. De anteriores matrimonios de mamá.

–Oh –Steven rió entre dientes–. Ya entiendo.

–Haremos que no quiera oír hablar nunca más de los Wakefield después de esta noche –dijo Jessica que sonrió pícaramente.

–Necesitaremos a mucha gente –declaró Elisabet.

–Me reuniré con vosotras dentro de cinco minutos –gritó Steven por encima del hombro, dando media vuelta y corriendo hacia los vestuarios.

Las cuatro chicas se dirigieron a la salida del gimnasio y allí esperaron impacientes. A decir verdad, Steven salió con algo de retraso. Pero detrás de él iban seis chicos larguiruchos del equipo de baloncesto.

–¿Qué os parecen estos voluntarios? –preguntó con una amplia sonrisa en el rostro.

–¡Oh, Steven, son perfectos! –dijo Elisabet que también se reía.

–Pues vamos –ordenó Jessica, aplaudiendo contenta–. Seguidme. Os explicaré lo que tenéis que hacer de camino a casa.

–¡Jessica! –Elisabet sujetó a su hermana por la manga y la detuvo–. ¿No podríamos llamar al señor Howard e invitarle ya? ¿Y si tiene otro compromiso?

–Oh, es verdad –Jessica se golpeó la frente con la mano–. Es mejor que vayamos en busca de un teléfono.

–Hay uno frente al colmado, cerca de la escuela –dijo uno de los jugadores de baloncesto.

Bajaron corriendo por la calle. Jessica se detuvo ante la cabina y empujó la puerta. Elisabet contempló con ansiedad cómo su hermana marcaba el número. Tras una breve conversación, Jessica colgó el receptor, salió de la cabina y sonrió maliciosamente.

–He hablado con su secretaria. Ha creído que era mamá. El señor Howard vendrá a las siete y cuarto.

–¿A las siete y cuarto? –repitió Elisabet–.

Pero papá y mamá no saldrán de casa a cenar hasta las siete en punto. ¿Y si se retrasan y se encuentran con él?

–Ya nos aseguraremos nosotros de que se marchen a tiempo.

–¿Y cuál es el plan, Jessica? –preguntó Steven con impaciencia.

–Muy bien, escuchad todos con atención. –Jessica elevó un poco la voz para que todos pudieran oírla–. Quiero que todos vayáis a vuestra casa y os pongáis la ropa más vieja y sucia que tengáis. Luego quiero que vengáis a nuestra casa a las siete menos cinco exactamente.

–¿Y qué haremos al llegar? –le preguntó el jugador de baloncesto más alto.

–Ya lo veréis –respondió Jessica dulcemente.

X

Faltaban dos minutos para las siete y la señora Wakefield todavía estaba arriba, poniéndose los pendientes. El señor Wakefield la esperaba frente al televisor, viendo el final del reportaje deportivo.

–¡Mamá! –gritó Jessica casi con frenesí–. ¡Vais a llegar tarde!

–No te preocupes, Jessica –gritó el padre a su vez–. Este restaurante es muy informal. Tendrán mesa.

–¿Cuándo fue la última vez que fuisteis a cenar? –preguntó Jessica.

–Dios, no lo sé. Hace años –respondió el señor Wakefield, rascándose la cabeza.

–Bueno, las cosas pueden haber cambiado –insinuó Jessica en tono práctico mientras su padre la miraba sorprendido.

–Tiene razón, papá –Steven se acercó–. Probablemente hubierais tenido que reservar mesa. He oído que DeSalvio es uno de los restaurantes más concurridos de la ciudad.

–¿De veras? Quizá tengas razón –el señor Wakefield se apartó del televisor–. Es mejor que vaya a dar prisa a vuestra madre.

–Ya baja –anunció Elisabet desde el piso superior mientras acompañaba a su madre.

–Espera un momento, Elisabet –protestó la madre, intentando volver atrás–. He olvidado el bolso.

–Está aquí. Tienes el lápiz de labios y el cepillo para el pelo dentro –Elisabet agitó el bolso en el aire.

–Chicos, cómo estáis esta noche –dijo la señora Wakefield sonriendo–, parece como si quisierais desembarazaros de nosotros –añadió, poniéndose el bolso bajo el brazo.

–Es porque hemos organizado una fiesta salvaje para después de que os hayáis ido –se burló Steven.

–Esto no es nada divertido, Steven –exclamó Jessica, lanzándole una mirada de enfado.

–Está bromeando, Jess –dijo Elisabet apaciguadora–. Todos queremos que os lo paséis fantástico.

–¡Mamá, qué guapa estás! –gritó Jessica al pie de la escalera–. ¿No es cierto, papá?

El señor Wakefield lanzó una sonrisa de aprobación a su mujer.

–La verdad es que sí. Como una chica en su primera cita.

–Oh, Ned, no seas bobo –rió la señora Wakefield mientras bajaba los escalones.

Cuando ella llegó al pie de la escalera, el señor Wakefield le dio un suave beso en la mejilla. Jessica cogió la mano de su hermana y la apretó con todas sus fuerzas.

–¡El plan está en marcha! –murmuró mientras Elisabet asentía excitada.

–¡Son las siete en punto! –anunció en voz alta Steven tras consultar su reloj.

–¡No os olvidéis de hacer la reserva! –Jessica sujetó a sus padres por los codos y los acompañó hacia la puerta. Steven bajó con ellos hasta el coche.

–¡El toque de queda es a medianoche! –dijo riendo mientras sostenía la puerta para que entrara su madre.

–¡Adiós! ¡Que os divertáis! –gritó Elisabet. Ella y Jessica agitaron las manos mientras sus padres desaparecían calle abajo.

–Manos a la obra –dijo Jessica cuando el coche de sus padres desapareció al volver la esquina.

Elisabet miró la calle vacía. Allí no había ninguna señal de los chicos voluntarios.

–¿Dónde está todo el mundo? –preguntó en voz alta–. ¿No habrán desertado?

Se oyó entonces un ruido de matorrales detrás de la casa y las gemelas se acercaron a contemplar el espectáculo que aparecía tras ellas.

Amy Sutton abría el camino, vestida con un conjunto andrajoso, con barro en la cara. Se había peinado el cabello formando una masa informe encima de la cabeza.

Pamela Jacobson iba tras ella, seguida de los chicos del equipo de Steven, vestidos con vaqueros sucios y rotos, y camisetas manchadas de grasa. Todos parecían como si no se hubieran duchado en varias semanas.

–Ahora sacaremos todos los muebles y adornos bonitos de la sala de estar y los trasladaremos al porche, luego cubriremos el sofá con algo sucio.

–Traeremos trapos sucios –dijo Elisabet–. La casa tiene que parecer como si hubiera pasado un tornado.

Se pusierón todos manos a la obra y en pocos minutos la casa estaba hecha un asco. Elisabet y Jessica fueron a ponerse algo horrible. Habían escogido ropa vieja de Steven que les iba demasiado grande. Jessica contempló a su hermana con ojo crítico; luego agrandó el agujero que había en el jersey.

–¡Jessica! ¿Qué haces?

–Vamos, Elisabet –la regañó–. No es momento para remilgos.

En ese mismo instante sonó el timbre de la puerta.

–¡Es él! –susurró Steven desde el recibidor.

–Muy bien, ¡esconderos todos!

Cuando todo el grupo estuvo bien oculto, Elisabet y Jessica se dirigieron a la puerta principal y la abrieron.

El señor Howard apareció en el umbral, elegantemente vestido con un traje a rayas finas y una rosita en el ojal. Echó un vistazo a las gemelas y a punto estuvo de perder el equilibrio.

–Hola, señor Howard –dijo Jessica–. ¡Qué sorpresa!

–Entre por favor. –Elisabet lo sujetó por el codo y lo empujó hacia el interior.

–¿Sorpresa? –el hombre parecía confundido–. Creo que vuestra madre ha llamado a mi secretaria y me ha invitado a cenar esta noche.

–Oh, no debería tomarse en serio todo lo que mamá hace –dijo Jessica frívolamente–. A veces... bueno, a veces se confunde un poco.

–¿Ah sí? –el señor Howard miraba muy nervioso la puerta de la casa. Steven la cerró violentamente tras ellos.

–Oh, sí –siguió diciendo Jessica–. A veces nos llama para cenar cuando todavía no ha preparado la cena.

–No lo entiendo.

–Oh, sí –le aseguró Elisabet. Bajó la voz y dijo–: Estamos un poco preocupados por mamá. Últimamente ha empezado otra vez a hablar consigo misma en voz alta.

–¿Otra vez? –el señor Howard entrecerró los ojos–. ¿Y por qué lo hace?

Las gemelas lo miraron solemnemente e hicieron el gesto de beber de una botella. Jessica añadió un poco de ruido para que tuviera más efecto.

–Venga, póngase cómodo. –Elisabet lo empujó hacia la destartalada sala de estar.

El señor Howard abrió los ojos cuando vio la asquerosa silla que Elisabet le señalaba. Se acomodó en el borde y procuró aparentar que se encontraba cómodo.

–¿Dónde está vuestro padre? –preguntó.

Un ruido espantoso llegó procedente del recibidor. Los jugadores de baloncesto irrumpieron en la habitación llevando a Amy cogida por los brazos y por las piernas.

–¿Qu-qué están haciendo esos chicos? –preguntó el señor Howard, poniéndose de pie. Los dos chicos más altos lo miraron estúpidamente y luego dejaron caer a Amy sobre la alfombra.

–¡Nada! –dijo uno de los chicos–. Estamos jugando a caballos, como siempre.

–Sí –dijo otro–. Es nuestro juego favorito.

–Lo llamamos «Tira a la hermana» –explicó otro, haciendo un movimiento para coger a Jessica.

–¡Hermana! –exclamó el señor Howard–. Esperad un momento. ¿Es que todos sois hermanos?

–Que nosotros sepamos, sí –replicó Steven–. Aunque la verdad, no es fácil decirlo.

–Subámosla al tejado –dijo uno de los chicos que había cogido de nuevo a Amy– y juguemos allí.

–¡Espera! –ordenó el señor Howard–. No os vayáis. Deja un momento a la chica –el muchacho hizo lo que decía. Entonces el señor Howard miró a Amy y preguntó–: ¿Estás bien?

Ella asintió y luego lanzó una risita; parecía que le faltaban dos incisivos. Elisabet observó sorprendido el rostro del señor Howard y dominó la risa. Steven, sin embargo, no pudo aguantar más. Empezó a reír y Jessica intentó hacerle callar. Pero ya estaba hecho. El resto del grupo empezó a reír y al poco Elisabet, Amy y Pamela también estaban riendo a carcajadas.

El señor Howard se los quedó mirando sin decir una palabra. Finalmente, cuando todos se hubieron calmado un poco dijo:

–Ya veo. Se trata de una broma –giró en redondo y se encaró con Jessica y Elisabet–. Y a mí no me divierte.

Elisabet vio cómo el señor Howard se dirigía a la puerta principal y de pronto se sintió un poco avergonzada.

–Quizá no sea demasiado tarde –le susurró a Jessica.

–Esto es exactamente lo que queríamos –dijo sacudiendo la cabeza con vehemencia–. Ahora volverá a Los Ángeles y dejará en paz a mamá.

El señor Howard abrió la puerta de la entrada principal y se detuvo en el umbral. Elisabet levantó la vista y a punto estuvo de caerse de espaldas. Allí, ante la puerta, estaban sus padres.

–¿Frank? ¿Qué estás haciendo aquí? –exclamó la señora Wakefield.

–¿Qué le ha pasado a la casa? –preguntó el señor Wakefield, contemplando la desastrosa sala de estar–. ¿Y quién es toda esta gente?

–Estoy completamente confundido –dijo el señor Howard–. Primero recibo una llamada telefónica diciéndome que estoy invitado a cenar a tu casa. Cancelo un compromiso previo para venir aquí. Luego, cuando llego, me encuentro con unos chicos haciendo bromas de muy mal gusto...

La habitación, llena de gente, quedó de pronto vacía cuando los miembros de equipo de baloncesto de Steven, Amy y Pamela salieron corriendo por la puerta. Los chicos Wakefield se habían quedado solos en medio de la sala de estar.

–Estoy segura de que debe de haber una buena explicación para todo esto –tartamudeó la señora Wakefield, dirigiéndose al señor Howard.

–Será mejor que la tengan –el señor Wakefield entrecerró los ojos al mirar a sus hijos–. ¡Quiero oír a alguien! ¡Y quiero oírlo ahora!

–Perdonen –interrumpió una voz suave–. ¿Es ésta la casa de los Wakefield?

Todos giraron en redondo y vieron a una bella mujer de cabello oscuro en el umbral de la puerta que les sonreía.

–Estoy buscando al señor Howard. Su secretaria me dijo que lo encontraría aquí.

–¿Karen? ¿Eres... eres tú? –preguntó el señor Howard cuando la bella mujer se asomó en la habitación, por detrás de los señores Wakefield–. No te esperaba hasta el sábado.

Jessica y Elisabet se miraron horrorizadas. ¿El señor Howard iba a reunirse *con ella* pasado mañana?

El millonario presentó rápidamente a Karen Barclay como su prometida.

–Creo que me he equivocado –murmuró Jessica.

–¿Tú crees? –Elisabet se volvió lentamente para enfrentarse a su hermana cara a cara.

–¡Chicas, menudo problema! –murmuró Steven detrás de ellas.

XI

Durante la media hora siguiente, los chicos Wakefield intentaron explicar sus payasadas. Jessica era la que tenía más que contar.

Sintió que enrojecía por momentos. Sólo unas horas antes no tenía ninguna duda de la terrible crisis que se cernía sobre la familia. Pero, cuanto más hablaba, más ridícula se sentía.

El señor Howard y Karen, su prometida, se sentaron uno al lado del otro en el viejo sofá con las manos juntas. A cada palabra de Jessica, su rostro se iba relajando más y más. Pronto estaba sonriendo. Cuando ella explicó cómo les había seguido hasta la joyería, el señor Howard echó la cabeza hacia atrás y rió a carcajadas. Hasta sus padres sonrieron.

Finalmente Jessica se encogió de hombros y se quedó contemplando las manos.

–Así es que pensamos que el señor Howard y mamá iban a fugarse el sábado.

–Y teníamos que detenerlos –añadió Steven– como fuera.

–Por tu bien, papá –dijo Elisabet–. Y por el de toda la familia.

–No puedo decir que apruebe vuestros métodos –interrumpió el señor Howard lanzando una risita–, pero admiro vuestra determinación. No hay muchos chicos que irían tan lejos para mantener unida a la familia.

–Es que no hay muchos que tengan la salvaje imaginación de Jessica –comentó el señor Wakefield, levantando una ceja.

–No es salvaje, papá –protestó Jessica–. ¿Qué hubierais pensado si vuestros padres se hubieran olvidado del día de su aniversario?

–Ya te lo dijimos, querida –replicó la señora Wakefield–. Ambos teníamos mucho trabajo.

–Pero eso no impide que os hubierais hecho un regalo, unas flores, o salido a cenar... –Jessica se detuvo–. Oye, ¿por qué habéis vuelto tan pronto? ¿No ibais a cenar a un sitio romántico?

–Bueno, vuestro padre y yo llegamos al restaurante y entonces nos dimos cuenta de que nos habíamos dejado algo –dijo la señora Wakefield mirando a su marido.

–¿Qué? –preguntaron las gemelas y Steven.

–A vosotros –dijo la madre sonriendo.

–Queríamos celebrar nuestro aniversario de bodas –explicó el señor Wakefield–, pero lo mejor de nuestro matrimonio es haberos tenido a vosotros.

–Así es que decidimos volver a buscaros –añadió la señora Wakefield–, y desde luego, no esperábamos encontrar todo esto –dijo señalando la confusión de la sala de estar.

–Lo limpiaremos en seguida, te lo prometo –dijo Jessica; Elisabet y Steven asintieron.

–Ya sé que lo haréis –dijo su padre sonriendo–. Esta noche hemos comprendido que últimamente no hemos estado mucho en casa. A veces son necesarias estas pequeñas crisis para recordarnos que...

–Ejem –el señor Howard se aclaró la garganta–. Esto se ha convertido en una charla familiar íntima. Creo que Karen y yo deberíamos dejarlos solos –la pareja se dispuso a levantarse.

–No, no –la señora Wakefield se dirigió hacia ellos para que se sentaran de nuevo–. Frank, esto también te concierne a ti. –Se apoyó en el brazo del sillón–. Mirad, chicos, el señor Howard me ha hecho una oferta muy generosa. Quiere que le decore su oficina principal de Los Ángeles.

–¿Y te irás? –preguntó Elisabet, conteniendo el aliento.

–He decidido rechazar la oferta –sonrió al señor Howard–. Mira, dedico a la decoración media jornada y últimamente le he dedicado demasiado tiempo –la señora Wakefield rodeó a sus hijos con los brazos–. Ahora sé que sólo puedo dedicarle media jornada porque comprenderás, Frank, que ayudar a crecer a tres hijos es un trabajo que ocupa toda la jornada.

–Voy a echar de menos tu toque artístico, pero lo comprendo –asintió riendo el señor Howard.

–Bueno, parece que tenemos un final feliz –concluyó el señor Wakefield–. Pero hay una cosa más.

–¿De qué se trata? –preguntó Steven mientras las gemelas lo miraban con expectación.

–Estoy hambriento –dijo el señor Wakefield, frotándose las manos–. Si nos damos prisa, estoy seguro de que encontraremos una mesa en De Salvio. Desde luego, no antes de que os arregléis, chicos –se volvió hacia el señor Howard y su prometida–. Nos gustaría mucho que nos acompañaran.

–Sí, por favor –dijo Elisabet contenta–. Será nuestra manera de disculparnos con usted.

–Y yo prometo no añadir mi aderezo especial a la ensalada –prometió Jessica, levantando la mano solemnemente.

–Se me llenan los ojos de lágrimas con sólo pensarlo –bromeó el señor Howard.

Las gemelas y Steven subieron corriendo al piso superior a cambiarse de ropa y a lavarse. Cuando bajaron, se pusieron los abrigos y salieron.

–Creo que os gustará este pequeño restaurante –le dijo la señora Wakefield a Karen–. Es muy romántico. Ned y yo tuvimos allí nuestra primera cita.

–¿Vuestra primera cita? –aguzó los oídos Elisabet.

–Sí –replicó la señora Wakefield–. Ahora te lo cuento.

A duras penas pudo Elisabet contener su excitación. Finalmente iba a poder hacer la entrevista.

–Voy a llevarme la libreta de apuntes y un boli.

–Es una tontería –dijo el señor Wakefield, riendo–. Déjalo, te lo contaremos todo durante el camino.

–¿Por qué no vamos en la limusina? –interrumpió el señor Howard–. Hay sitio de sobras.

–¿Podemos pasar por la hamburguesería Dairi? –preguntó Jessica. Estaba segura de que algunas Unicornio estarían allí y aquello las dejaría impresionadas.

El señor Howard asintió y los chicos salieron al exterior.

–Una limusina plateada. ¡Qué preciosidad! –exclamó Steven mientras el automóvil se encaminaba hacia el centro de Sweet Valley.

Cuando aquella noche volvieron a casa, Elisabet estaba impaciente por telefonear a Amy. Se abalanzó sobre el teléfono del pasillo y marcó rápidamente el número de Amy; luego se llevó el teléfono hasta su dormitorio.

–¡Elisabet! –gritó Amy al oír la voz de su amiga al otro lado del hilo–. He estado aquí sentada toda la noche esperando tu llamada. ¡Tu padre debe de estar enfadadísimo! ¡Cuéntame! ¡Estoy intrigadísima!

–Lo siento –se disculpó Elisabet–, pero es que no he podido llamarte antes. Cuando acabamos de explicarles nuestra equivocación, mi padre nos llevó a todos a cenar. ¡Y lo mejor de todo! ¡Ya sé cómo se conocieron mis padres!

–¡Ooooh, fantástico! Cuéntamelo todo.

–Bueno, fue hace diecisiete años –empezó Elisabet–. Papá había acabado la carrera de abogado y mamá diseño, y estaba trabajando de camarera mientras buscaba un empleo de su especialidad.

–¿Dónde trabajaba?

–En DeSalvio, el restaurante al que hemos ido esta noche. Trabajó allí poco tiempo porque en seguida encontró un trabajo de escaparatista en Morgan's. Papá, cuando iba a graduarse, reservó allí una mesa con otros tres compañeros de curso para celebrarlo. Todos llevaron a una chica.

–¿Y la de tu padre, era tu madre?

–No, ella era la camarera.

–Vaya, ¿tu padre salía con otra?

–Amy, si quieres escucharme, te explicaré qué sucedió. Verás, era la primera noche que mamá trabajaba allí, estaba muy nerviosa porque tenía que servir una mesa de ocho personas.

–Especialmente si una de ellas era un chico guapo como tu padre.

–Esto es exactamente lo que me dijo mamá –rió Elisabet–. Así es que se dispuso a servir los platos en una de esas grandes bandejas de plata y...

–¡Oh, no! –la interrumpió Amy–, ¿se le cayó?

–¡Sí, encima de papá! ¿Te imaginas? Espaguetis, lasaña y berenjenas, con toneladas de salsa de tomate.

–¡Oh, qué espanto!

–Mamá dice que nunca se había sentido tan violenta en toda su vida –siguió diciendo Elisabet–. Corrió a la cocina y lloró y lloró.

–¿Y qué hizo tu padre? –preguntó Amy–. ¿Se enfadó?

–No, dijo que, de tan horrible, resultaba divertido. Allí estaba con la ropa hecha un asco y su acompañante enfadada porque a él le hacía gracia.

–¿Y qué sucedió luego?

–El *chef* de DeSalvio se llevó a papá a la cocina, le dejó un par de pantalones blancos y una camiseta mientras le limpiaba la ropa.

–¿Y así conoció a tu madre?

–Sí, y mamá dice que estaba muy guapo con la ropa del *chef*. Se sentó a su lado y los dos empezaron a charlar...

–Y él olvidó que tenía una acompañante –saltó Amy–. Sólo tenía ojos para tu madre.

–Eso es. Luego DeSalvio se acercó a papá y le dijo que el propietario del restaurante le invitaba a cenar. La acompañante y los amigos de papá se habían marchado, así es que papá invitó a mamá. El *chef* puso una mesita con candelabros en la cocina y se enamoraron mientras el hermano del *chef*, Tony, les dedicaba una serenata con su mandolina y su bien modulada voz de tenor.

–¡Qué romántico!

–¿Verdad que sí? –dijo Elisabet con voz ensoñadora–. Cuando nos han contado la historia, Jessica les ha hecho prometer que cada año volverán a DeSalvio a celebrar su aniversario.

–¿Crees que lo harán? –preguntó Amy.

–Bueno, si conocieras a Jessica, ella dispondrá el año que viene que se les ponga una mesa en la cocina y que Tony les dé la serenata. Y probablemente encontrará el modo de que papá lleve un traje de *chef*.

Jessica, que iba a llamar a la puerta de su hermano, al oír el comentario de Elisabet, sonrió. ¡Qué gran idea!

Volvió a su habitación y mientras se metía en la cama pensó: «¡Tengo que empezar ya. El próximo aniversario será el mejor!».

XII

–¡Jessica! ¡Ven aquí, deprisa! –llamó Elisabet a su hermana desde el otro lado del comedor.

–¡Lo hemos conseguido! –gritó Amy a su vez–. Tenemos un...

–¡Amy! –Elisabet le dio a su amiga un suave empujón–. Creo que debería de ser yo quien le diera a mi hermana la buena noticia.

–¿Buena noticia? –Jessica se deslizó en el asiento vacío–. ¿De qué se trata?

–De nuestro trabajo para la clase de sociales –explicó Pamela Jacobson.

–La señorita Arnette nos ha dado un sobresaliente –dijo Elisabet llena de felicidad.

–¡Lisa, es fantástico! –Jessica abrazó a su hermana–. Te felicito.

–Creo que ha sido el trabajo más difícil que he hecho en mi vida –dijo Elisabet sonriendo.

–¿Sabéis una cosa? –la interrumpió Amy–. Creo que es el primer sobresaliente que nos ha dado «Redecilla». Y esto merece celebrarse. Una pieza extra de pera en almíbar. –Contempló hambrienta el plato de Pamela–. ¿Es que no te la vas a comer?

–¡No, no te la comas! –Pamela apartó el plato para que Amy no lo alcanzara, pero fue demasiado tarde.

–¡Amy! –gritó Pamela–. ¡Devuélvemela!

–¡Es mía! ¡Es mía! –cantó Amy.

Elisabet y Jessica rieron mientras Pamela intentaba recuperar su pera en almíbar. De pronto la pera resbaló del plato. Las chicas contemplaron cómo el pegajoso postre volaba por los aires e iba a parar a los pies de una chica que pasaba cerca.

Se trataba de Billie Layton, una de las mejores atletas de sexto y una estupenda lanzadora del equipo del vecindario. Su nombre era Belinda, pero todo el mundo la llamaba Billie.

–¡Cuidado con lo que hacéis! –gritó Billie–. Podía haberlo pisado.

–Lo siento, Billie –dijo Amy riendo–. Estábamos bromeando.

–¡Estupendo! –exclamó Billie, mirándose las deportivas para ver si algún trozo del pegajoso postre se había pegado en ellas–. La próxima vez que quede la broma entre vosotras.

–Ya he dicho que lo siento –dijo Amy que la miró sorprendida.

Billie no dijo nada más, dio media vuelta y salió del comedor.

–¿Qué le pasa? –preguntó Jessica mientras Amy recogía el postre del suelo con una servilleta y lo tiraba en la papelera.

–No lo sé –dijo Pamela–. Normalmente es encantadora.

–Algo le debe pasar. He oído que montó una escena ayer en el entreno de béisbol –comentó Amy moviendo la cabeza.

–¿Qué? –exclamó Elisabet–. Pero si siempre es tan amable.

–Pues si la hubieras visto –continuó Amy–, se enfadó tanto que golpeó la valla con el palo.

–¿Quién te lo ha dicho? –preguntó Pamela.

–Jim Sturbridge –replicó Amy–. También es lanzador. Me ha dicho que el entrenador la mandó a su casa.

–Está actuando de una manera muy rara –murmuró Elisabet–. No parece la misma.

–Bueno, si yo fuera la única chica en un equipo de chicos –dijo Jessica–, a lo mejor yo también me comportaría así.

–Quizá no le guste la escuela –sugirió Amy.

–No lo creo –respondió Elisabet–. Ha sacado sobresaliente en matemáticas la semana pasada.

–¿No sabéis que su madre trabaja en la biblioteca? –dijo Pamela.

–¿Es aquella señora que está embarazada? –preguntó Jessica.

–Quizá tenga algo que ver con eso –comentó Pamela.

–Oh, lo dudo. Es estupendo tener un hermanito o una hermanita –dijo Elisabet.

–A menos que el bebé se convierta en otro Steven –saltó Jessica. Rieron y cambiaron de tema.

Cuando dejaron la cafetería para ir a clase, Elisabet descubrió a Billie apoyada contra unos armarios, contemplando fijamente el suelo. Parecía tan triste que a Elisabet se le enterneció el corazón. «Bueno –pensó para sus adentros–, si me enterara de lo que le pasa, quizá podría ayudarla.»

¿Qué le pasa a Billie Layton? Descúbrelo en el próximo número de Las Gemelas de Sweet Valley.

EL CLUB DE LAS CANGURO

Cuidar de los niños de los vecinos parece tan fácil y descansado que un grupo de cuatro amigas organiza un club para que las personas interesadas encuentren siempre alguna de ellas disponible para cuidar de sus hijos. Sin embargo, hay que ver la cantidad de imprevistos que se pueden presentar y la responsabilidad que supone superarlos con éxito para estas jovencitas.

TITULOS PUBLICADOS

1. La gran idea de Kristy
2. Claudia y las llamadas fantasma
3. El problema secreto de Stacey
4. Mary Anne salva la situación
5. Dawn y el trío insoportable
6. El gran día de Kristy
7. Claudia y la empollona de Janine
8. Stacey loca por los chicos
9. Un fantasma en casa de Dawn
10. A Logan le gusta Mary Anne
11. Kristy y los esnobs
12. Claudia y la nueva alumna
13. Adiós, Stacey, adiós
14. Bienvenida, Mallory
15. Dawn y la miss infantil
16. El lenguaje secreto de Jessie
17. La mala suerte de Mary Anne
18. El error de Stacey
19. Claudia y la broma pesada
20. Kristy y el pequeño desastre
21. Mallory y las gemelas
22. Un zoo para Jessie
23. Dawn se va a California
24. Kristy y el día de la madre

If you'd like to follow this book's travels and share your thoughts, you can visit BookCrossing.com and enter BCID# 821-17446112. :)